Les loups et la bergerie

Patrick Poivre d'Arvor

Les loups et la bergerie

ROMAN

Albin Michel

22, rue Huyghens, 75014 Paris

ISBN 2-226-06987-9

à Olivier
et à nos valeureux parents.

Tous deux sont morts.
Seigneur, votre droite est terrible.
VICTOR HUGO, *Les Chants du crépuscule*

Samedi 24 décembre 1994

Biarritz, 16 h 55

Un avion du Groupement des liaisons aériennes ministérielles atterrit en bout de piste sur l'aéroport de Parme. Une équipe locale de France 2 tente de filmer au téléobjectif la sortie des passagers mais le journaliste Michel Etcheverry en est empêché par un service d'ordre moins discret qu'à l'habitude. S'y mêlent gendarmes et vieux soudards du service des voyages officiels qui ont pris au sérieux des rapports d'indicateurs sur les menaces visant de hautes personnalités. Sur leurs gardes, ils n'en diront rien au Président.

Ils n'ont pas chômé en cent soixante-trois mois ! Leur patron n'a cessé de quadriller le monde et l'Hexagone de sa toile d'araignée et de ses fils de Mercure. Leur grande fierté est d'avoir caché plus d'un élément de la trame aux journalistes qui épient le moindre geste du chef de l'État.

Aujourd'hui, il n'y a pas de secret à protéger. Le réveillon à Latché est devenu rituel. Chacun se demande toutefois si ce sera le dernier de François Mitterrand président. Depuis son « Heure de Vérité » du 25 octobre 1993, lorsque l'hôte de l'Élysée avait, à la surprise générale, distribué, sans même qu'on l'y conviât, quelques fleurs à Michel Rocard, les pronostiqueurs s'accordent pour considérer qu'il s'est, la mort dans l'âme, résolu à accepter de voir le maire de Conflans briguer sa succession au nom des socialistes. Pourtant, à aucun moment le Président n'a clairement renoncé à un troisième mandat. Il se contente de jouer, en semant les allusions au fil de ses propos publics et privés — « Deux fois sept ans, c'est déjà beaucoup », « Le général de Gaulle a eu la sagesse de se laisser pousser à la retraite des affaires de l'État avant que sa santé ne l'y conduise », « Je ne suis pas sûr de vous retrouver l'année prochaine en ces mêmes lieux pour les mêmes circonstances »... — mais sans jamais être plus explicite, sans prendre le moindre engagement. Fidèle à ses habitudes, il n'entend surtout pas se lier les mains. Au début de l'année Roland Dumas en avait profité pour jeter le trouble en relançant l'hypothèse d'une nouvelle candidature du Président sortant. Dès lors, tout reste possible. D'autant que deux événements sont venus récemment échauffer les esprits et suggérer d'autres pistes.

D'abord, une longue et mystérieuse visite de Jacques Delors à l'Élysée. Elle ne figurait sur aucun agenda, officiel ou officieux, du chef de l'État, et ne donna lieu à aucun compte rendu, comme c'eût été le cas si le président de la République française avait décidé d'un échange de vues avec le président de la Commission exécutive de l'Union européenne. La situation de l'Europe, bien mal en point dans l'opinion française depuis la maladroite opération du référendum de ratification du traité de Maastricht et le désengagement de grands leaders de droite sur la liste Baudis aux élections européennes de juin, aurait certes mérité une réflexion approfondie et justifié une rencontre entre les deux hommes.

Tel ne semble pas avoir été le cas. Quelques indiscrétions distillées par Jean-Pierre Jouyet, le nouveau bras droit de Jacques Delors à Bruxelles, ont laissé penser qu'il fut surtout question de politique bien française. L'ancien ministre des Finances s'était, pour sa part, refusé à tout commentaire, mais le maire de Lorient, Jean-Yves Le Drian, n'avait pas hésité à proposer publiquement l'idée d'une candidature Delors à l'élection présidentielle, candidature qui, selon lui, pourrait être appuyée par le chef de l'État. Martine Aubry, la fille de Jacques Delors, avait démenti vigoureusement mais on sentait bien, à l'air jubilatoire de la jeune femme et de son père — photographiés ensemble, une rareté... —, qu'il y avait anguille sous roche.

Le petit monde politico-médiatique avait, d'autre part, été alerté par un communiqué de quatre lignes publié par l'AFP, l'Associated Press et l'Agence Reuter. Il annonçait « la constitution d'un Comité de soutien... pour un troisième septennat du Président » ! Ce n'était pas la première initiative du genre. Les journalistes avaient déjà vu passer, il y a quelques années, des appels identiques. Ils n'y avaient guère prêté attention. Cette fois-ci, pourtant, ils avaient bronché. La personnalité de l'animateur de ce comité ne pouvait les laisser indifférents. Il s'agissait en effet de l'ancien président des opéras de Paris, Pierre Bergé. Ses ennemis lui prêtent certes tous les défauts de la terre et ses colères de grand chambellan font depuis des lustres la joie des dîners parisiens, mais nul ne peut imaginer qu'il prenne une initiative susceptible de gêner son ami François Mitterrand. Chacun sait en outre qu'il ne porte ni Michel Rocard ni Bernard Tapie dans son cœur et qu'il sait faire montre à leur égard d'une rugueuse franchise. Au demeurant, peu après l'annonce de la création de ce comité, l'hebdomadaire *Globe,* qui vit largement de la générosité de Pierre Bergé, a engagé une active campagne en faveur d'un nouveau mandat présidentiel pour l'ami du patron.

Fidèle à une habitude inaugurée pendant l'été 1993 avec un sondage comparatif entre Chirac et Balladur — désastreux pour le premier —, l'hebdomadaire fit mine de tester les chances respectives de Rocard et Mitterrand. Habilement, l'institut Louis-Harris s'abstint de poser la question-estocade : « Entre ces deux hommes, pour qui voteriez-vous au premier tour ? » Ils se bornèrent à une comparaison des qualités et des défauts des deux anciens premiers secrétaires du PS. Le verdict se révéla assassin pour Michel Rocard. Le maire de Conflans-Sainte-Honorine ne réussit à s'en sortir — et encore de justesse — qu'à la question : « Lequel des deux vous paraît le plus porteur d'avenir ? » On conviendra qu'il s'agissait bien là du minimum que les Français interrogés pouvaient offrir au cadet de quinze ans du chef de l'État.

L'initiative de Pierre Bergé et de ses relais médiatiques n'a certainement pas fâché François Mitterrand puisque les rares observateurs dépêchés à l'aéroport de Biarritz remarquent que, de la petite escorte présidentielle, se détache la crinière du rédacteur en chef de *Globe Hebdo*, Georges-Marc Bénamou. Il s'affaire aux côtés de Danièle et François Mitterrand et de leur fils Gilbert, ancien député de la Gironde, venu les accueillir non loin de ses terres. On reconnaît également parmi les passagers du GLAM l'avocat Georges Kiejman et sa femme Laure qui, en sa qualité de journaliste à TF1, peut s'enorgueillir d'être la seule représentante de cette marque de fabrique abhorrée à pouvoir encore être admise à dialoguer avec l'oracle de Jarnac. Un autre couple se presse dans l'auguste sillage, soucieux de ne pas s'éloigner de la précieuse oreille : Monique et Jack Lang. Les deux anciens ministres Lang et Kiejman sont familiers des dîners du dimanche soir rue de Bièvre. Rarement ensemble, toutefois, leur rivalité étant un secret de Polichinelle. Leur fortune auprès du Prince a été concomitante et, le Président ne détestant pas brouiller les cartes et au besoin les hommes, ils se sont durement affrontés lorsque l'un avait en charge la Culture et l'autre la Communication. Leurs entourages avaient alors troublé la capitale de leurs gémissements.

On a peine à imaginer la détresse d'un favori attendant devant son téléphone l'appel du Tout-Puissant. On ne mesure pas la solitude des dimanches sans la récompense dînatoire rue de Bièvre... Nul n'ignore en revanche le plaisir pervers que s'offre le

Président en terrorisant ainsi sa cour. On n'a pas oublié le remaniement gouvernemental de 1983. La liste des ministres avait été publiée sans qu'y figure le fidèle Jack ! Digne dans son mutisme, il avait dû attendre une nomination de seconde main, trois jours plus tard, pour découvrir son nom sur la liste de rattrapage des ministres délégués et secrétaires d'État. La dynamique et pétulante Monique en avait été mortifiée et Jack n'avait jamais vraiment pardonné à Pierre Mauroy, le Premier ministre de l'époque.

Cette année 1994 le console de toutes ces avanies anciennes. Depuis l'élection triomphale de son suppléant à Blois, début février, et ce joli pied de nez adressé à l'ennemi juré Robert Badinter, tenu pour responsable de son invalidation scélérate, le prince de la Culture boit du petit-lait et n'exclut plus aucune hypothèse, pas même un destin présidentiel. Il a Michel Rocard en ligne de mire, c'est dire si les rancunes du passé avec Georges Kiejman peuvent être jetées à la rivière. Les deux anciens rivaux se retrouvent donc côte à côte pour le réveillon latchéen.

Les voitures préfectorales se succèdent sur le tarmac de l'aéroport pour conduire les invités du Président jusqu'à sa « bergerie » landaise. Parmi eux figurent encore Danièle et Jean-Marie Burguburu, des riverains de la rue de Bièvre que les Mitterrand ont pris en affection. Lui est avocat, elle conseiller d'État après de longues années au secrétariat général du Conseil supérieur de la magistrature. Que de dossiers ont-ils réglés dans l'intimité de leur arrière-cuisine ! Un autre voisin est également venu s'abriter à l'ombre de la grâce présidentielle : l'ancien ministre des Affaires étrangères, Roland Dumas. Ne manque guère à l'appel du cadastre de la rue de Bièvre qu'Ahmed, le restaurateur dont les couscous se sont un peu dépréciés depuis mai 1981 et le filtrage de la rue pour les simples badauds.

Intime parmi les intimes, le sonore et coloré Roger Hanin est également du voyage. Lui seul sait provoquer l'hilarité de son beau-frère. Son épouse, la productrice Christine Gouze-Rénal, sœur de Danièle Mitterrand, se dit parfois que son mari exagère mais elle ne regrette pas de l'avoir proprement « enlevé », il y a si longtemps, lors d'un tournage où il n'avait pas encore démontré les qualités de comédien qu'on lui reconnaît à présent.

Enfin, fermant le cortège, s'avancent trois vieux messieurs, très dignes, tout de gris vêtus et un peu intimidés : les écrivains Yachar Kemal, William Styron et Carlos Fuentes. En quelle langue se parlent le Turc, l'Américain et le Mexicain ? Ils s'étaient déjà retrouvés au pied de l'Arc de Triomphe lors de l'intronisation de François Mitterrand le 21 mai 1981. Sous la houlette de Jean-Edern Hallier qui attendait certainement davantage de ce printemps d'espérance. Il était loin d'imaginer la pluie de persécutions qui n'allait cesser de s'abattre sur lui quand il décida que la langue et la plume d'un écrivain ne devaient jamais être serves. Leur présence, inhabituelle à Latché, doit sans doute, dans l'esprit de leur hôte, avoir valeur de symbole.

À peine arrivé à destination, François Mitterrand, délaissant famille et équipage, entreprend de faire effectuer le tour du propriétaire à ses nouveaux invités, laissant les habitués occuper leurs quartiers. Les trois écrivains se soumettent consciencieusement au rite :

Station n° 1 : l'ânesse et ses ânons. Allégorie de la fidélité en politique et en amitié.

Station n° 2 : les peupliers du parc. Propos de circonstance sur le temps qui passe, inexorable, sur les blessures de l'âge et l'éphémère fragilité de la condition humaine.

Station n° 3 : l'arbre centenaire qui a failli mourir du gel durant le terrible hiver 1985-86. Fable autour de la pérennité des cycles climatiques, économiques et politiques.

La montée vers le Golgotha s'arrête là. Pas de Calvaire. Tout juste une conversation brillante comme le Président les aime. François Mitterrand discourt en demi-ton. Les écrivains font mine d'acquiescer. Tous trois pourtant ont refusé la précarité des honneurs et, pour certains d'entre eux, des charges éminemment politiques. Ils écoutent, sans lassitude apparente, le vieux politicien couturé de cicatrices, repu de batailles, se déclarer prêt à en livrer une nouvelle, dès le printemps prochain s'il le faut. Le Président feint d'être écartelé entre ses engagements publics et une vocation rentrée d'écrivain. Ses hôtes ont naguère salué sa plume, tout comme le feuilletoniste du *Monde,* futur académicien de surcroît, qui n'avait pas hésité à parler du chef de l'État comme d' « un écrivain-né ». Ce panégyrique, qui avait suivi l'élection de 1981, avait sonné comme les prémices d'un culte de la personnalité qu'on appela plus tard, affectueusement, la Tontonmania. *La Paille et le*

Grain, comme *L'Abeille et l'Architecte*, les titres vedettes de François Mitterrand, à l'écriture ciselée, n'étaient-ils que compilations destinées à justifier ses actions publiques, à leur donner après coup la perspective romantique dont elles manquaient ? Depuis, il n'avait plus rien signé de significatif. Ironie des temps, on avait juste vu passer, deux ans auparavant, la réédition en format de poche du *Coup d'État permanent*, violent pamphlet antigaulliste dont la relecture dénonçait la vanité de toute comparaison entre les deux chefs d'État. La marque et la trace, avait dit un essayiste. Où était la marque, où serait la trace ? Il faudrait attendre les Mémoires du locataire de l'Élysée pour en juger comme pour apprécier ses talents de plume. Une éditrice, tenace et bien lancée, espérait vivement les publier. Elle n'était pas la seule. Jacques Attali n'avait pas dit son dernier mot.

Les propos présidentiels n'ont rien d'anodin. François Mitterrand sait que ses hôtes utiliseront son personnage comme sa conversation. Leur pensée essaimera, sera traduite et rééditée. À travers eux, il grignote, espère-t-il, un peu d'immortalité ; il apaise la sourde révolte qu'engendre chez lui l'impuissance à pouvoir, tout à la fois, créer et s'occuper du gouvernement des hommes.

À l'heure du dîner, les trois écrivains, encravatés et dignes comme des Rois mages, continuent de se taire et d'observer. Il eût été, il est vrai, délicat de s'immiscer dans une conversation tout en allusions et subtilités politiques et familiales. Ils écoutent avec amusement le reste de la crèche — l'Âne, le Bœuf, les Bergers, les Moutons, la Vierge Danièle et le Charpentier François — et attendent l'avènement de l'Enfant Jésus : le Président va-t-il annoncer à la tablée son choix pour le mois de mai ?

Comme toujours en pareille compagnie, le comédien du Roi se charge de donner le ton. Roger Hanin sait ce qu'on attend de lui. Au mitan de sa vie, il a acquis un détachement lui permettant de tenir avec ironie le rôle de bouffon que lui dispute, dans un autre registre, Michel Charasse. Il sait que fous et souverains ont parfois échangé leurs tuniques. Il met donc beaucoup d'entrain à raconter des histoires de son cru, à charger les journalistes-têtes de Turc du Président, ce qui fait confraternellement réagir l'épouse de Georges Kiejman. Bref, il parvient à donner à ce dîner la couleur de ceux qu'il avait connus naguère, sous des cieux plus cléments, en Algérie.

La conversation roule par accident sur la Nièvre qui a si vaillamment résisté aux dernières cantonales, puis vers Maurice Faure, qui a si souvent été l'hôte de la bergerie. Le Président intervient *mezzo voce.* Il évoque le lent abandon par son vieil ami de ses mandats électifs — depuis avril il a quitté la présidence du Conseil général du Lot — et relève son peu de goût, dès 1981, pour les fonctions ministérielles : « Sans doute a-t-il raison. Il n'aura pas engagé le combat de trop. » L'assistance, guettant la confidence espérée et redoutée à la fois, retient son souffle. Comme s'il n'avait rien remarqué, le chef de table enchaîne sur Jacques Chaban-Delmas, qui va clore quarante-neuf ans à la tête de la mairie à Bordeaux. Il ne se représentera pas en juin. « Décision irrévocable », a dit le vieux lutteur épuisé qui n'a pas pour autant renoncé à son siège de député. Il feint d'attendre des élections législatives anticipées après la présidentielle...

« Quarante-neuf ans, c'est une jolie performance, mais ça ne fait pas cinquante. C'est dommage... », relève le Président. Coupant la parole à Roland Dumas qui se préparait à quelque amabilité, il poursuit : « Comme Chaban, j'ai commencé ma carrière de ministre en 46. » Aucun bruit, pas même le tintement d'un verre ou le choc d'un couvert, ne perturbe le silence qui s'est établi. Lentement, le vieux chef de l'État dévisage ses convives, un à un. Il a repris le masque impassible qu'on lui voit dans les cérémonies officielles. Un malaise s'installe ; Georges-Marc Bénamou range son stylo, sorti à tout hasard... Il s'évertue à calculer de tête les conséquences de la mystérieuse phrase. Si le Président veut atteindre le demi-siècle en politique, ne va-t-il pas se représenter pour le principe et démissionner l'année suivante ? Personne n'ose poser la question. François Mitterrand savoure en connaisseur ce rare moment de jouissance. Il reste le Tout-Puissant puisque la vie politique du pays, comme ses convives du jour, demeure suspendue à ses lèvres. Partira, partira pas ? Le message de vœux qu'il prononcera dans une semaine pourrait être l'occasion de lever le voile. Et de laisser libre cours aux appétits qui se dissimulent mal. Le Président caresse cette idée depuis plusieurs mois. Il ne lui déplairait pas de paraître donner le coup d'envoi avant Édouard Balladur, puisque le Premier ministre a implicitement renvoyé au 2 janvier le début de la campagne présidentielle.

Chanonat, 21 heures

Il fait froid en Auvergne. Très froid. Le château de la Varvasse n'est guère plus chauffé qu'à l'habitude. Si tous les bougnats du département s'étaient donné la main, ils n'auraient rien pu y changer. La vie de château n'est pas toujours ce que l'on croit. Les projecteurs d'Alexandre Tarta avaient offert, il y a une dizaine d'années, ses dernières douceurs à l'édifice mais l'équipe de « Questions à domicile » s'était quand même bigrement enrhumée. Valéry Giscard d'Estaing en avait été contrarié. En invitant Anne Sinclair et Pierre-Luc Séguillon dans sa propriété de famille, il avait certes voulu témoigner de l'austérité, au-delà des apparences, de son cadre de vie. Il n'avait pas souhaité pousser plus avant la démonstration...

Il n'empêche. En dépit d'un épais pull-over, moins chic que les cachemires qu'il aimait naguère arborer devant les caméras, il ne parvient pas à se réchauffer. Il lâche son stylo et se frotte énergiquement les mains pour accélérer la circulation. Écrire dans ces conditions relève de l'exploit. D'autant que la page blanche lui procure l'un de ses très rares complexes. D'infériorité. Il a été très long à le surmonter, si tant est qu'il ait entièrement disparu. L'ancien Président sait qu'en France un homme d'État se doit de savoir manier la plume. Sans même parler du *Fil de l'épée* du Général, Georges Pompidou avait publié son *Antho-*

logie de la poésie française, contestée, comme tout choix peut l'être. Mais on sent qu'il aimait ceux dont il parlait et ceux à qui il parlait... Quant à François Mitterrand, son style — parfois son stylet — est reconnu et loué, ce qui ajoute une secrète blessure aux maux toujours sensibles provoqués par la défaite de 1981.

Valéry Giscard d'Estaing, qui a souvent répété son admiration pour Flaubert et Maupassant, avoue qu'il ne pourra jamais écrire comme eux. Il ne s'y est d'ailleurs risqué que tout récemment, peu avant l'été, et n'a pas eu à s'en plaindre. Ses premiers essais, *Démocratie française* et *Deux Français sur trois*, furent d'incontestables réussites commerciales mais ne marquèrent pas la république des lettres. Quant à ses *Mémoires*, ils étonnèrent, en apprirent davantage sur la personnalité de leur auteur que sur ses actions, mais ne brillèrent pas d'une aura littéraire. Il faut dire qu'un homme politique en exercice jongle toujours, quand il se livre, entre haut-parleur et confessionnal. C'est la raison pour laquelle Valéry Giscard d'Estaing a choisi de différer le troisième tome du *Pouvoir et la Vie* et d'attendre que les principaux acteurs du livre aient quitté la vie publique. Il ne cesse, en conséquence, de remanier et de peaufiner son manuscrit.

Comme souvent, trop souvent, ses pensées l'emportent vers un scénario obsessif, un film à deux héros, pas davantage. François Mitterrand et lui-même, ou l'inverse selon l'humeur. Les autres comparses n'ont qu'un rôle mineur. Secondaire pour Jacques Chirac et Raymond Barre. Quasi muet pour Michel Rocard et tous les autres, de gauche comme de droite. De l'ancien patron du PSU et nouveau premier secrétaire du PS, il a dit un jour de 1976, en petit comité, que dans un gouvernement britannique il ne jouerait qu'un rôle de sous-secrétaire d'État. Dix-huit ans plus tard, il constate que l'Histoire n'a toujours pas donné au maire de Conflans-Sainte-Honorine le coup de pouce, ou le coup de pied, susceptible de le propulser vers les sommets.

L'Olympe giscardien n'est donc peuplé que de deux entités capables de voler à une altitude où l'oxygène se raréfie. Dieux ou aigles, qu'importe, ils continuent à s'affronter au fil des soliloques de Chanonat. Valéry aime ces dialogues avec Giscard.

Pour l'heure, le sujet de conversation entre l'homme et son double se résume à une seule question, maintes fois ressassée depuis dix ans : doit-il ou non se représenter à la magistrature suprême ? La question ne hante pas que lui. Elle ressurgira sans doute au cours du réveillon.

L'ancien Président et son épouse ont réuni leurs quatre enfants : Valérie-Anne, Henri, Louis-Joachim et Jacinthe, tous accompagnés. Deux des « pièces rapportées » vont oser aborder le non-dit. D'abord Ina, la charmante épouse néerlandaise d'Henri, qui vit avec son mari au bord du lac de Genève où, sous l'autorité d'Antoine Riboud, le fils aîné du Président géra un temps la Société des eaux d'Évian.

Ce double éloignement, géographique et culturel, permet à Ina de considérer le destin de son beau-père avec quelque recul. « Vous devriez profiter un peu de la vie, lui dit-elle. Quand nous venons vous voir à Paris, vous me parlez des derniers faits et gestes de personnages dont j'ignore jusqu'à l'existence et qui doivent n'avoir aucun intérêt. Ils ne vous arrivent pas à la cheville. Pourquoi vous colleter avec eux ? Vivez tout simplement, comme le font dans mon pays nos Anciens. »

Au mot « anciens », Valéry Giscard d'Estaing fronce le sourcil. Il n'aime pas le personnage quelque peu sénile auquel l'ont réduit les marionnettes des chaînes de télévision. Il compte montrer à ses compatriotes qu'il a autant d'avenir que de passé. Face à la jeune Hollandaise, si fraîche dans sa sincérité, il joue de sa séduction intellectuelle : « Demandez donc à Henri s'il lui a été facile de renoncer à sa carrière politique naissante et s'il peut vous jurer qu'il n'en retâtera pas ? Au lendemain de l'élection de 1981 — il ne dit jamais la défaite —, je n'étais plus rien. J'ai refusé le strapontin que la loi suprême m'octroyait au Conseil constitutionnel. J'ai tout recommencé de zéro : le b.a.ba du métier, un siège de conseiller général. Comme Henri, pas plus. Et aujourd'hui, me voilà à la tête du premier parti de France en nombre d'élus, toutes assemblées confondues, locales et nationales. Rien qu'au Palais-Bourbon, l'UDF a plus de deux cents sièges et, dans le pays, quarante-trois présidences de Conseils généraux. Cela ne lui était jamais arrivé et cela ne lui arrivera sans doute jamais plus. Je sais qu'il ne faut rien bâtir sur la reconnaissance d'autrui, mais l'ingratitude a ses limites, même en politique. Tous savent ce qu'ils me doivent. »

Valéry Giscard d'Estaing s'est échauffé. Il détache les mots des deux dernières phrases. Ses cadets montent immédiatement au front et approuvent le père. « Allez-y, papa, présentez-vous, dit Jacinthe. Les sondages ne veulent rien dire. Quand vous vous êtes lancé dans la bataille, en avril 1974, le premier d'entre eux vous donnait 9 %, trois fois moins que Chaban ! »

Le père considère sa petite dernière avec tendresse. Il se souvient de leur affiche commune durant cette campagne-là. Il n'est pas impossible que ses jolies nattes et l'air de jeunesse qui émanait de la photo lui aient décroché les 424 599 voix qui lui ont permis de battre François Mitterrand.

Louis se veut également persuasif, mais son père a-t-il tant besoin d'être persuadé ? « Il n'y a aucune fatalité à voir le RPR revenir à l'Élysée, affirme-t-il. Il y aurait un joli pied de nez à revenir là-bas quatorze ans après et à devenir pour l'Histoire l'homme qui “ encadrerait ” Mitterrand. »

Anne-Aymone, qui n'a jusqu'alors rien dit, ironise :

— Êtes-vous sûr de bien pouvoir l'encadrer ?

— Ce doit être réciproque. Peut-être se pose-t-il lui aussi la question, à l'heure qu'il est.

L'atmosphère se détend. Autre allié de la famille, Bernard Fixot, mari de Valérie-Anne et nouveau patron des éditions Robert Laffont, en profite pour défendre lui aussi la thèse de la non-candidature. Il doit faire montre d'une certaine audace car il sait qu'en politique tout homme est candidat à tout et ne décroche qu'à son corps défendant. Il choisit donc de parler en éditeur.

— Vous devez encore un manuscrit à Valérie-Anne et à sa Compagnie 12. Publiez votre livre. C'est là qu'on vous attend. Pour la présidence, vous avez déjà donné. Avez-vous encore envie de connaître les trahisons, les crocs-en-jambe, et, qui sait, peut-être même l'échec au bout de la route ?

Valéry Giscard d'Estaing tique.

— Je me suis présenté deux fois. J'ai été élu une fois, battu une autre. François Mitterrand s'est présenté quatre fois. Deux échecs, deux victoires. 50 % de réussite. Comme moi. Ni plus, ni moins. Jacques Chirac s'est présenté deux fois. À chaque fois, il a été battu. 0 % de réussite ! Il n'y a pas de fatalité de l'échec. Pour personne.

Le polytechnicien est content de son effet, mais il en faut plus pour démonter Bernard Fixot.

— Il y a peut-être une fatalité de l'échec pour Chirac, mais qui vous dit qu'il ira jusqu'au bout ? Et si c'est Balladur qui prend sa place ? Il prendra aussi la vôtre, du même coup. Vous savez bien qu'une bonne partie de votre électorat voterait pour lui alors qu'il ne le fera jamais pour Chirac...

Valéry Giscard d'Estaing le sait en effet. Il ne peut prendre le risque de brusquer les échéances et d'annoncer avant tout le monde sa candidature. Il apparaîtrait dès lors comme le diviseur alors qu'il ne rêve que de jouer les rassembleurs. Il sait aussi que les chats les plus patients finissent par attraper leur proie. Il lui faut demeurer immobile, ne prendre aucune initiative, ne rien dire dans les jours qui viennent. Attendre que les événements décident pour ou contre lui. Attendre le choix d'un autre... Attendre l'instant où il pourra bondir.

Chacun a donné son avis. La conversation prend

un autre tour. On ne parle plus du *Pouvoir et la Vie*, mais du *Livre des records*, autre œuvre éditée par Valérie-Anne Giscard d'Estaing. Les livres sont parfois moqueurs...

Paris, place Beauvau, 21 h 30

De tous les dirigeants du pays, Charles Pasqua est sans doute le seul à réveillonner dans la capitale. Qui plus est, sur son lieu de travail. On n'est pas impunément ministre de l'Intérieur, et donc chargé des questions de sécurité.

La journée a été chaude. Les alertes en tout genre se sont multipliées. Des opérations coup de poing ont été menées, la nuit précédente et toute la journée, dans les milieux susceptibles d'alimenter les foyers de terrorisme qui semblent se réactiver, au dire des Renseignements généraux. Il convient, à la veille des fêtes, de rassurer le pays. Charles Pasqua sait que ces initiatives sont populaires et l'ont rendu sympathique à l'opinion. Bien que depuis huit ans il se garde soigneusement de prétendre, comme par le passé, « terroriser les terroristes », il ne peut éviter ces gesticulations policières devant la montée des menaces diffuses.

L'opinion n'a pas su qu'un coup de téléphone, anonyme mais convaincant, a signalé que l'un des sapins de Noël des grands magasins du boulevard Haussmann avait été piégé. En accord avec les directions de ces entreprises, les portes n'ont pas été fermées. Outre le coût financier, le choc psychologique aurait été trop considérable. Le ministre d'État avait pris le risque. Toute la journée, des équipes de démineurs de la préfecture de police avaient inspecté les moindres décorations, déjà vérifiées par les vigiles du Printemps et des Galeries Lafayette. À titre de précaution, les fonctionnaires de la mairie de Paris avaient examiné avec un soin minutieux l'arbre gigantesque qui se dresse place de l'Hôtel-de-Ville, sous les fenêtres de Jacques Chirac. Rien, nulle part.

Par précaution, Charles Pasqua a demandé à son épouse, Jeanne, d'organiser le réveillon dans leurs appartements de fonction de la place Beauvau. Au cœur de l'appareil policier, elle a prévu un dîner conforme aux coutumes de ses racines canadiennes. Pierre, le fils influent, partage le repas.

Le ministre de l'Intérieur est moins jovial qu'à l'accoutumée. Il n'est pas sombre, mais épuisé. Le qui-vive des dernières heures n'y est pour rien. L'embonpoint et les heures de sommeil à rattraper expliquent cette extrême fatigue. Ministre de la Police à plein temps, il se partage en outre entre la présidence du Conseil général des Hauts-de-Seine, où il règne en empereur, et les multiples voyages que lui impose l'Aménagement du territoire. Le prochain est programmé pour le surlendemain.

Il a certes gagné ses divers paris mais il lui reste un défi à relever. Il se l'est lancé il y a deux ans, au moment où il a insisté sans succès auprès de Jacques Chirac pour qu'il accepte une troisième fois Matignon. Le maire de Paris, convaincu par l'analyse d'Édouard Balladur — mieux valait que le poste ne soit pas occupé par un candidat à la présidence de la

République —, avait suivi le conseil. C'est peut-être ce jour-là que le piège s'était refermé sur lui, mais pas celui qu'il avait redouté en renonçant à Matignon !

Charles Pasqua s'est promis qu'il « ferait » le prochain Président. Or, voici que les sondages lui laissent miroiter une satisfaction plus exaltante encore : la fonction elle-même. Qui ne serait tenté ? L'âge venant, toute renonciation à une candidature lors du futur scrutin équivaudrait à un trait définitivement tiré sur le poste. C'est cette fois-ci ou jamais. Il se souvient des propos de George Bush en 1987 : « Si vous vous présentiez aux États-Unis, vous pourriez être élu président. »

Charles Pasqua est fier de ses origines populaires, de son père André, policier, de ce village de Casavecchie dressé au-dessus de la plaine orientale corse où sa famille, jusqu'au lendemain de la Première Guerre mondiale, avait élevé des brebis en croquant des châtaignes. Il sait exploiter et mettre en valeur cette histoire, faire revivre le grand-père Capellone que même le ministre François Pietri venait saluer lors de chaque tournée électorale. Bon sang ne saurait mentir. Il n'a pas renoncé à écrire un livre sur le retour des cendres de Napoléon.

Autour de lui, aucun compétiteur ne peut se prévaloir d'aussi bien connaître la France dite profonde. *Que demande le peuple ?* interrogeait-il dans le titre de son pamphlet anti-Maastricht. Il croit aujourd'hui savoir ce qu'il veut. L'expérience Berlusconi en Italie fait des émules. L'Europe est séduite par le populisme. Charles Pasqua aussi. On a souvent raillé ses anciennes fonctions chez Ricard, et il ne lui déplairait pas d'adresser cet ultime et somptueux pied de nez aux technocrates qui ont annexé la vie politique... Il aime d'ailleurs le leur répéter : « Je ne serais pas ce que je suis sans de Gaulle et Paul Ricard. » Deux anticonformistes aux antipodes des clones produits par l'omniprésente École nationale d'administration. Chirac, Giscard, Rocard, Fabius, Balladur, Léotard... Ils en sont tous.

Si c'est à de Gaulle que Charles Pasqua a emprunté une « certaine idée de la France », c'est à Paul Ricard qu'il doit le goût des colères calculées, le réflexe qui le pousse, sur chaque projet, à demander à ses collaborateurs : « Est-ce vendable ? » Ce commerçant de formation sait aussi que seule une organisation rigoureuse garantit la pérennité des victoires acquises par la virtuosité. En cela, il se différencie pour l'heure d'un autre vendeur-né entré comme un TGV en politique : Bernard Tapie. Enfant, déjà, il disait : « Je veux bien jouer mais c'est moi qui commande. »

Autour de la table familiale, les péripéties de l'actualité ont vite cédé le pas au vieux débat. Pierre, « discutailleur » comme d'habitude, harcèle son père. Il l'a toujours poussé à regarder plus haut, à se risquer sur la marche supérieure. Pierre croit au destin de Charles. Déjà, lors des événements de Mai 68, il éructait contre l'immobilisme des « barons » du gaullisme, contre ces « maréchaux gavés d'honneur » qui, à ses yeux, oubliaient la France. Marchand de biens à Grasse, là où est né son père, Pierre assiste consterné à la dégénérescence de la vie publique le long du littoral méditerranéen, de Nice à Marseille. L'exécution du député Yann Piat l'a convaincu de la nécessité de rompre avec les conformismes et les frilosités. Déçu par Jacques Chirac comme par Édouard Balladur, le fils n'attend plus le redressement national que de son père. Aussi, en cette soirée de réveillon, couvé par le regard de sa mère, il repart à l'assaut pour décider Charles Pasqua à jouer seul et pour lui-même. Le moment est venu, répète-t-il, de franchir le Rubicon. Le calendrier l'exige.

La conversation avec Pierre roule, une fois de plus, sur l'organisation d'élections primaires pour désigner, à droite, le champion qui porterait les couleurs de la famille lors du scrutin présidentiel. Si cette formule, inventée par le ministre de l'Intérieur, doit avoir une chance d'exister, c'est à présent qu'il convient de l'imposer, dans le mois qui vient, avant que les jeux ne soient faits. Et l'intérêt bien compris de Charles Pasqua consisterait à ce que le plus grand nombre possible de candidats se déclarent. C'est pourquoi il avait naguère invité François Léotard à tenter sa chance dans des primaires. Si le ministre de la Défense se risquait à mesurer sa popularité, pourquoi le ministre de l'Intérieur ne ferait-il pas de même ?

Les deux petits-fils, Philippe et Alexandre, écoutent avec attention cette conversation éternellement reprise entre leur père passionné et leur grand-père matois. À douze et treize ans, ils oscillent encore entre la fin de l'enfance et le début de l'adolescence, gavés de politique et de tendresse. Papy leur raconte sa jeunesse. À dix-sept ans, sous le surnom de Prairie, il s'était engagé dans la Résistance avec son copain Raymond Dupont. On leur avait demandé de prendre leur vélo et d'aller photographier un nouveau modèle de mines au-dessus de Grasse. Il n'avait pas pu s'empêcher d'en profiter pour les désarmorcer avec son couteau de scout.

Charles Pasqua contemple avec affection sa nichée. Leur soutien le réconforte. Jusqu'à Jeanne, la Canadienne, qui depuis des années ne manque plus une retransmission à la télévision des questions parlementaires au gouvernement, tous ont attrapé le virus !

Le ministre de l'Intérieur hésite encore. Même si l'Élysée devait se révéler hors de portée, il n'aurait pas dit son dernier mot. Après avoir été le premier des ministres, durant la seconde cohabitation, ne pourrait-il légitimement revendiquer la fonction de premier chef du gouvernement du futur septennat ? Il a sa petite idée sur la meilleure manière d'abattre ses cartes. Il n'a pas oublié que, vingt ans auparavant, dans les mêmes locaux, un de ses prédécesseurs, jeune loup impétueux, avait su organiser l'élection du président de la République et avait trouvé sa récompense en recueillant, les jeux faits, l'hôtel Matignon. Ce jeune ministre s'appelait Jacques Chirac. Il lui avait suffi d'obtenir les signatures de quarante-trois députés gaullistes pour torpiller la campagne de Jacques Chaban-Delmas et permettre l'élection de Valéry Giscard d'Estaing.

Charles Pasqua, en cette nuit de Noël, pense à son propre appel des « 43 ». Ou mieux encore.

Chamonix, 22 h 30

Au jeu des Sept Familles, en cette nuit de Noël, voici un gros atout, la carte Balladur. Celle du père, puisque c'est ainsi que les Français ont perçu le Premier ministre dans un sondage de novembre pour l'hebdomadaire *Le Point*. Si Chirac tient le rôle du grand frère, Rocard du petit frère, et Léotard du fils, l'oncle est incarné par Giscard, le grand-père par Mitterrand et la mère par Simone Veil.

Depuis l'arrivée à Matignon d'Édouard Balladur, la situation économique ne s'est pas spectaculairement redressée, les tensions sociales se sont multipliées depuis la crise du printemps ; il jouit pourtant toujours d'un capital de confiance. Avec constance, les Français répètent dans les sondages qu'ils ne se sentent pas bien gouvernés mais décernent encore des lauriers à l'homme Balladur. Voilà quelqu'un qui avoue des fautes, qui limite les dégâts, mais qu'une majorité de citoyens crédite de toutes les vertus : honnêteté, pondération, tolérance... Sa place au hit-parade de l'humilité fait davantage sourire, mais c'est ainsi : dans le pays, Balladur reste plutôt populaire.

Et il n'a pas l'intention d'offrir une aussi jolie dot à n'importe qui. Pour tout dire, il pense surtout la garder pour lui. Une opportunité pareille ne se présente qu'une fois dans une vie. Et s'il lui incombait la tâche historique de réconcilier enfin orléanistes et bonapartistes, libéraux et conservateurs, UDF et RPR ?

Il y a toutefois un hic. L'UDF possède un chef qui

a pris ses distances avec Matignon depuis une bonne année. Le RPR a également un leader, et diablement plus embarrassant : Jacques Chirac, « l'ami de trente ans », l'homme à qui, selon la stratégie qu'ensemble ils avaient établie avant les élections législatives de 1993, il devrait céder l'Élysée puisque, foi d'animal, le Premier ministre de la cohabitation ne pouvait être choisi parmi les présidentiables. Il n'a pourtant jamais considéré qu'un pacte, implicite ou explicite, avait été conclu pour offrir au maire de Paris la présidence sur un plateau d'argent.

Édouard Balladur pense avoir fondé sa vie politique sur la loyauté. Il n'a pas eu, Dieu merci, à trahir jusqu'à présent et il tire volontiers fierté d'avoir, pendant dix ans, quitté la politique après que son maître, Georges Pompidou, eut rendu le dernier soupir. Va-t-il pouvoir continuer à « bien se tenir », pour reprendre l'une de ses expressions favorites, ou faudra-t-il céder aux sirènes qui lui conseillent, « dans l'intérêt du pays », de forcer pour une fois sa nature ? Y a-t-il à ce point incompatibilité ?

Le Premier ministre ne le croit pas mais il s'interroge sur son appétit de pouvoir. Aura-t-il la voracité, la résistance, la pugnacité des autres candidats ?

Pour ce réveillon, le chef du gouvernement a choisi le décor familial de La Mérande, son chalet chamoniard, entouré de sa femme Marie-Josèphe, de ses fils Pierre, Jérôme, Henri et Romain, d'Édith, sa belle-fille allemande et de ses deux petits-enfants, Félix et Marie. Non loin de là, à portée de main, fidèle parmi les fidèles, Nicolas Bazire, directeur de son cabinet, et, à ce titre, aussi courtisé que jalousé. Avec son épouse Anne et leurs quatre enfants, ils se sont cette fois installés à Pralognan, et non plus au Club Méditerranée qui jouxte la résidence des Balladur. Un déjeuner est prévu demain entre les deux familles. Les petits seront servis avant. Ensuite, le maître de maison s'isolera avec son directeur de cabinet pour fumer un Partagas Maduro sur le balcon, si le temps le permet. Viendra aussi l'autre fidèle, Nicolas Sarkozy, ministre du Budget, porte-parole du gouvernement. Édouard et ses petits Nicolas mettront au point une stratégie qui ne sera rendue publique que le lundi 2 janvier, respectant en cela — au jour près — le calendrier que le Premier ministre — par défi ou par horreur de l'improvisation — s'est imposé il y a déjà longtemps. « On ne parlera pas de l'élection présidentielle avant l'année 95 », avait-il plusieurs fois répété dans des interviews. D'autres s'en étaient chargés pour lui...

L'année avait été fertile en coups de boutoir. « Père, gardez-vous à droite, gardez-vous à gauche », lui avaient dit ses disciples dès le 2 avril 1993. Il avait surtout eu à se garder à droite. La cohésion du gouvernement n'en avait pas été publiquement affectée mais le poids des arrière-pensées alourdissait désormais la moindre des conversations entre ministres. Entre Chirac et Balladur, chacun avait été courtoisement sommé de choisir. Au sein du RPR, quelques équilibristes avaient bien essayé d'ajuster leur loyauté à leur patron et leur fidélité au président de leur mouvement mais le coup avait été dur à jouer. Il le serait encore davantage pour les cinq mois à venir. Chacun faisait et refaisait ses pointages personnels. Et, comme à l'Académie française, il y avait plus de soutiens promis que ne l'autorise l'arithmétique... « Je vous ai donné ma parole, pas ma voix », disait-on parfois dans les deux enceintes.

Édouard Balladur affecte de ne pas s'intéresser à ces additions. Si candidature il y a, elle sera proposée aux Français, pas aux hommes politiques... En réalité, sa mémoire d'éléphant enregistre tout. On fera les comptes plus tard. Si la situation l'autorise. Il sait bien que si l'Élysée lui échappe, il ne sera plus question de rester à Matignon. Il est des blessures qui ne s'oublieront plus avec le maire de Paris.

La neige tombe sur Chamonix. Tous les bruits se feutrent. Les gendarmes chargés de distraire l'attention des curieux devant La Mérande battent la semelle en attendant la relève. Le Premier ministre en rêve aussi. Comme chaque soir, à vingt-deux heures trente, il dort déjà.

Paris, boulevard de Rochechouart, 23 h 10

« Avec le temps va, tout s'efface... »

Le coton passe lentement sur le visage fatigué. Pour quelques minutes encore, la porte de la loge est condamnée, le temps de permettre à l'artiste de reprendre pied avec le réel, de changer de registre et de passer de la solitude du tour de chant aux obligations de la fête organisée dans le foyer de La Cigale afin de remercier tous ceux qui ont contribué au succès de ces cinq soirées. Le dernier récital de Philippe Léotard vient de s'achever. Les accents de

Léo Ferré flottent toujours tandis que les derniers spectateurs se hâtent vers la sortie du théâtre. Le chanteur se démaquille d'un geste machinal, l'esprit déjà vagabond mais le corps agité de cette fièvre particulière que seul le contact avec le public lui communique. La scène lui est une nécessité.

Dans un instant il va retrouver sa famille professionnelle, quelques amis aussi. François sera-t-il là ? Il en doute. Bien sûr il lui a fait parvenir une invitation. Mais, même lorsqu'il était ministre de la Culture, François ne croisait guère la route de son baladin de frère. Ses actuelles responsabilités à la tête de la Défense ne sont pas de nature à les rapprocher. Bien qu'il adore le brocarder dans de fausses confidences aux journalistes, Philippe est fier de la carrière politique de son cadet. Il souffre de la distance qui s'est créée entre eux. Envolés, la complicité de leur jeunesse, les rêves communs et les espoirs partagés. Ce soir pourtant, en compagnie des équipes techniques de La Cigale, l'ambiance sera intime pour boire une coupe de champagne afin de célébrer le succès de l'artiste et de saluer la nouvelle année qui s'annonce. Philippe offre ce pot et il aurait aimé que François partage l'émotion si particulière qui règne à la fin d'un spectacle ou d'un tournage, lorsque des équipes se dispersent après avoir vécu des moments d'intense communion. Il aimerait lui faire découvrir un autre univers, son monde. Que de fois s'est-il imaginé le présentant aux uns et aux autres, l'initiant aux mystères des éclairages, à l'art de la mise en scène. Il sait d'avance que ses espoirs vont être une nouvelle fois déçus. François ne sera sans doute pas là. Tout comme Emmanuelle sera absente, retenue au chevet de leur fille, Faustine, légèrement fiévreuse ce matin.

En pensant à ses deux femmes, un sourire tendre ride davantage le visage de bonze asiatique du comédien, faisant disparaître le regard derrière deux minces fentes. « Je ressemble de plus en plus à un sharpei », murmure Philippe, facilement attendri par son propre personnage. En se détaillant dans le miroir, il se concentre sur les traînées de maquillage qui subsistent : « Je ne peux quand même pas descendre les retrouver avec cette bille de clown. » Il s'applique donc à faire disparaître les dernières traces de fard pour retrouver une allure naturelle. Il ne doit pas les faire languir plus longtemps. Tous doivent être pressés de rejoindre le réveillon qui les attend. Comme chaque année, cette soirée porte en elle une nostalgie familiale. Lui aussi souhaite à présent regagner son nid, au chevet du Val-de-Grâce. Faustine dormira, bien sûr. Avec Emmanuelle, ils déposeront ses cadeaux au pied du sapin en riant par avance des cris qu'elle poussera à son réveil. Tendre enfant venue sur le tard rendre un sens à son existence, bien qu'il soit déjà trois fois père et quatre fois grand-père. Pour elle, il a acheté au Burundi un hectare de terre en rêvant qu'à dix-huit ans sa fille deviendrait la reine blanche des Pygmées ! Par la même occasion, il s'était offert un serpent aux yeux de rubis qu'il adore laisser dormir, sous sa chemise, au creux de son nombril. François serait-il capable de telles folies, lui qui goûte aussi, la cinquantaine passée, les joies de la paternité ?

— Alors, Philoutard, t'es prêt ?

Tony Krantz, son attachée de presse, vient de glisser la tête dans la loge pour s'inquiéter.

— Ils s'impatientent ?

La voix malmenée du chanteur est rauque et sourde, à peine audible. Un simple filet.

— Pas vraiment. Ils sont lancés dans une grande controverse politique pour savoir qui sera candidat à la présidentielle.

Philippe Léotard se lève après avoir jeté un dernier coup d'œil au miroir.

— Ah, chic ! François est venu ?

Émue, Tony Krantz dévisage le comédien avec tendresse.

— Non. Son cabinet m'a téléphoné pour l'excuser. Il est parti en Irlande. Mais ils sont plusieurs de sa bande à être là. Et il y a, bien sûr, quelques journalistes.

Philippe se rembrunit. Il aurait dû y penser. Son frère s'est retiré dans son repaire comme, enfant, il s'isolait volontiers dans quelque secrète cabane. Qu'importe, il va descendre trinquer et rire. La vie est ainsi faite.

— Tu as fait préparer mon nectar ? interroge-t-il en suivant l'attachée de presse dans les étroites coursives.

— Comment peux-tu penser que je t'oublie ?

Philippe Léotard s'est en effet mis à l'eau de gingembre, une boisson qu'il a découverte tardivement, en Guinée. Il s'agit de gingembre broyé mêlé à du citron vert et à de l'eau sucrée. Un cocktail sans risque qui, à en croire son promoteur, possède toutes les vertus de l'alcool sans attaquer le foie. Il ne cultive plus sa réputation d'alcoolique mondain que par goût de la provocation. Certes, il fréquente toujours les boîtes. Son amour pour Fitzgerald est demeuré intact bien que, pour lui, la nuit n'ait pas toujours été tendre. En ces lieux ce ne sont pas les bars qui l'attirent mais les pistes. Il adore se dépenser physiquement. Lorsqu'il travaille sur un film, avant de tourner il reste des heures à transpirer en se déhanchant, comme d'autres choisissent les saunas pour se remettre en forme.

— Avant que nous arrivions, dis-moi s'il y a des partisans de la candidature de François, que je sache au moins où je vais mettre les pieds.

Tony Krantz éclate de rire.

— Comme tu sais, dans ces milieux le balancier penche plutôt à gauche ! Quand je suis partie te chercher, ils discutaient surtout du calendrier. Si j'ai bien compris, avec la nouvelle année les choses sérieuses vont pouvoir débuter.

— C'est ce qu'avait dit Balladur : en 1994 y penser toujours, n'en parler jamais. En 1995, abattre ses cartes. Dès la semaine prochaine, ce sera à qui va dégainer le premier.

En arrivant dans le foyer du théâtre, Philoutard se glisse dans son personnage de bon copain, comme s'il s'était fiché un nez rouge afin de briser net les supputations politiciennes des uns et des autres. Il n'a pas envie de les entendre théoriser leurs souhaits personnels. L'heure est à l'émotion. Celle de la séparation mais aussi celle du réveillon. Chacun s'éclipse donc rapidement. Tony Krantz propose à Philippe Léotard de le raccompagner.

— Tu es adorable. Merci. Je préfère faire quelques pas pour aller chercher un taxi. Cela me fera du bien de prendre l'air. On s'appelle demain.

Sur le seuil du théâtre, Philippe Léotard hésite. Sur sa droite, la place Pigalle ne l'attire pas. La commercialisation bas de gamme du sexe le heurte, en cette nuit de Noël. Pour gagner le square d'Anvers, il répugne à suivre, sur sa gauche, le sombre mail du boulevard bordé par la sinistre muraille des cars de touristes en stationnement. Il décide de descendre la rue des Martyrs vers l'avenue Trudaine. Il se hâte de traverser le boulevard de Rochechouart mais remarque pourtant, au pied d'un platane, le manège bien peu discret de trois jeunes gens à l'évidence en pleine transaction. « Tiens, le retour des délices de *Kaputt* », commente-t-il à mi-voix. Sans réfléchir davantage, il s'avance vers le groupe en fredonnant :

> « *Ma drôle de cocaïne,*
> *Ma pensée, ma blessure,*
> *Mon absence qui dure...* »

La main du dealer s'est aussitôt refermée sur le sachet tentateur, tandis que trois visages hostiles se tournent vers le faciès de boxeur ayant raccroché les gants qui vient de surgir à leurs côtés. Les traits du comédien sont, par chance, célèbres et l'intrus vite identifié, d'autant que son patronyme s'étale sur la façade voisine.

— T'en veux ? C'est du premier choix et elle n'est pas chère. Un vrai cadeau de Noël.

— Vous êtes cons, les mômes. La drogue c'est

terminé pour moi et vous devriez en faire autant. J'avais piqué au truc en écoutant J. J. Cale. Quand j'y pense : avoir fait fortune en glorifiant la dope pour, vingt ans plus tard, faire machine arrière et dire que la came fait mal à la tête ! Et si nous nous cotisions pour lui offrir de l'aspirine ? Dire que c'est à cause de ce type que je me suis défoncé au risque d'en crever. Croyez-moi, j'en ai soupé de la clinique de la raison close.

— Tes prêches, tu vas les faire plus loin, mec ! Personne ne t'a invité.

Un petit sourire ironique flotte sur les lèvres de Philippe Léotard tandis qu'il se concentre sur le dealer. Serait-il de taille à le mettre à merci ? Les clients hésitent visiblement et ne demandent qu'à s'éclipser. Le comédien insiste :

— Je ne suis pas du genre à te balancer mais tu dégages. Sinon, crois-moi, je suis encore capable de démolir ta petite gueule de maquereau.

Abandonné par ses chalands, troublé par la célébrité de l'intrus, le revendeur préfère ne pas insister et disparaît vers Pigalle. Ragaillardi, Philippe Léotard poursuit sa route en se congratulant. Il adore parler. À tout propos et en tout lieu, aux barmen comme aux épiciers, aux copains comme aux inconnus, à lui-même si nécessaire. Même les oiseaux des parcs parisiens n'échappent pas à sa logorrhée. Saisi par la fraîcheur de la nuit, le comédien relève son col d'un geste machinal et se glisse entre deux autobus pour traverser la seconde voie du boulevard. Une voiture stoppe alors à sa hauteur, obstruant le passage, tandis qu'il sent une silhouette surgir dans son dos. Devant lui, la portière arrière s'est ouverte. Sur ses épaules, un poids s'est abattu qui le fait basculer en avant et s'effondrer entre les banquettes du véhicule. Ils sont au moins deux à le plaquer au sol en lui appuyant un torchon aux relents médicamenteux sur le visage. Philoutard étouffe, se débat de plus en plus mollement et ne tarde pas à perdre connaissance. La voiture redémarre aussitôt pour se perdre dans la nuit en direction de la Chapelle.

Dimanche 25 décembre

Kinsale (Irlande), 0 h 30

Comme Charles Pasqua, François Léotard rêve de l'Élysée tout en se préparant pour Matignon. À l'inverse du ministre de l'Intérieur, il peut, lui, se permettre de passer un tour. Il s'est donc engagé très tôt en faveur de la candidature d'Édouard Balladur. Il se tient même à la disposition du Premier ministre pour sauter dans l'arène s'il fallait ainsi contrer les traditionnelles candidatures rivales de Chirac et Giscard, les deux ennemis d'habitude, que leurs entourages ont fini par surnommer Plic et Ploc, tant ils se marquent à la culotte depuis vingt ans...

En dépit de ses ascendances méditerranéennes, le ministre de la Défense ne passe Noël ni à Fréjus ni en Corse. Il a choisi l'Irlande. Non pas en souvenir de l'exil du général de Gaulle, un quart de siècle plus tôt, après sa démission de la présidence de la République. Simplement parce qu'il y a ses habitudes. Le léopard est un animal solitaire, qui répugne à chasser en groupe. Il a depuis longtemps trouvé sur ces terres arides des réponses provisoires aux tourments de son âme. Quand il avait quinze ans, il avait écrit cette phrase de Péguy sur l'abat-jour de sa lampe : « Partir, marcher droit, arriver quelque part, mais partir. »

Rares sont ceux qui connaissent le lieu de sa retraite. Plus rares encore ceux qui peuvent se vanter d'y avoir séjourné. Longtemps, il a habité une demeure spartiate sur une île peuplée de moutons. Quelques masures abandonnées, deux ou trois bergers occasionnels, un passeur silencieux et tenace dans les pires tempêtes, un fumet permanent de feu de tourbe qui cherche à s'évader par des cheminées capricieuses, quatre ou cinq bons livres, pas de journaux ni de télévision : voilà qui suffisait au bonheur de François Léotard.

Après la mort de l'ami qui lui louait son île, il s'est rabattu sur la côte proche. Entre-temps, il s'était remarié et avait connu l'intense bonheur d'être, pour la première fois, père. Les transbordements en mer d'Irlande ne relevant pas de l'éducation classique d'un bébé d'un an, il avait modifié ses habitudes. Persuadé que, comme lui, son fils était promis à de hautes destinées, il observait avec ravissement le profil de Marc-Antoine, convaincu d'y découvrir déjà les traits d'un chef.

Marc-Antoine est d'ailleurs le héros de la soirée, dans la chaumière irlandaise. Il est gâté comme tous ces enfants que l'on n'attend plus, passé cinquante ans, et qui vous redonnent une nouvelle jeunesse. Ysabel, sa maman, observe ses pas hésitants autour de l'arbre de Noël : première découverte du rite et des cadeaux annoncés. Le père, qui voit en lui un bâtisseur, lui épargnera les tanks en plastique et les petits soldats. Il en voit bien assez, grandeur nature, à l'hôtel de Brienne, le siège du ministère appelé successivement de la Guerre, des Armées, de la Défense nationale, puis de la Défense tout court. François Léotard ne désespère pas d'en faire un jour le ministère du Maintien de la Paix. Autour de lui, quelques généraux rechignent...

Loin du fracas des théâtres d'opérations, le jeune ministre joue au papa gâteau. Il regarde son fils avec fierté et se demande s'il aura le temps de le voir grandir et réussir. En fera-t-il le « zèbre idéaliste » qu'il fut lui-même chez les scouts ? Aimera-t-il, comme lui, Lazare Carnot ? Maintes fois, « Léo » a éprouvé des envies de fuite mais, fonctions obligent, il ne pense plus, depuis deux ans, à déserter. Il sait simplement que le printemps prochain sera celui du choix. Il se sent plus serein et, si deuxième vie il devait y avoir, ce ne serait plus par rejet de la précédente. Il a connu ses champs de bataille, pas toujours en vainqueur, en est sorti couturé et le cuir tanné. Il a eu raison de la calomnie et de la condescendance. Il a vengé son honneur qu'il avait cru souillé et n'a cessé de penser à son père qui, maire de Fréjus comme lui, avait été sali par les projections de boue du barrage de Malpasset, au lendemain de la catastrophe de 1959.

Apaisé, François Léotard a encore faim. Il prendrait volontiers exemple sur Georges Pompidou qui portait en permanence dans un petit carnet la liste de ceux qui tentèrent, par des coups bas, de le jeter à terre. Il n'y a guère à creuser pour découvrir en lui des vengeances inassouvies. Et, au-delà de la revanche, un orgueil que rien ne peut dissimuler, pas même les faux actes de contrition ou l'extrême attention que François Léotard semble porter au moindre de ses interlocuteurs. Sous le sourcil tombant, l'œil interrogateur cache un sens aigu de la différence et l'indiscipline des rebelles en cage. Frère Honorat a passé quinze mois de noviciat chez les Bénédictins de La Pierre-qui-Vire. Il n'a rien oublié des révoltes bridées.

Tapi dans sa retraite, au cœur de l'hiver irlandais, le léopard attend, lui aussi, le moment de bondir. À son retour du centre d'expérimentation de Mururoa, en janvier, il lui faudra se décider. Ysabel se refuse à l'influencer. Cela ne servirait à rien. Marc-Antoine regarde son père. Comment avoir prise sur un tel homme ? Le chef de famille se sait égoïste. Le reconnaître lui ouvrira la porte du salut... Pour l'heure, il est heureux, et cela lui était rarement arrivé.

Il compose le numéro de son frère Philippe pour le lui dire — ils se voient si peu. Emmanuelle décroche immédiatement, anxieuse. Enfin une voix amie. Elle s'épanche, avoue son inquiétude. François Léotard tente de la rassurer en lui contant les frasques de leurs vingt ans.

— En 68, c'est moi qui jouais de la guitare dans les bars. Et c'était Philippe, l'aîné, qui préparait Normale sup, sérieux comme un pape. Il ne s'en est peut-être pas vanté auprès de toi, mais à vingt-trois ans il était le plus jeune professeur de philo de France. Il me traitait d' « artiste cinglé ». Depuis, les temps ont bien changé. Laisse-le vivre sa vie. Tu sais bien qu'il rentre toujours au bercail.

Emmanuelle s'est calmée. Elle ajoute toutefois de sa voix douce :

— Il m'avait promis d'être là à minuit. Pour Faustine. Elle a six ans et elle croit encore au Père Noël.

En raccrochant, François Léotard est redevenu soucieux. Face à l'océan, il pense à cette phrase de Milosz qui l'obsède : « Tous les morts sont ivres de pluie vieille et sale au cimetière étrange des îles Lofoten. »

Jérusalem, 0 h 45

Depuis l'arrivée-surprise de Yasser Arafat à Jéricho, les attentats ont sensiblement diminué en Terre sainte. Israéliens et Palestiniens se regardent toujours en chiens de faïence, mais la tension est retombée d'un ou deux crans. Lentement, le drame de la tuerie d'Hébron se cicatrise. La présence policière autour de l'église de Bethléem est moins visible que durant les vingt dernières années. Les touristes ont donc afflué par charters.

Alors qu'en Europe les messes de minuit sont achevées depuis une bonne demi-heure, sur le parvis de la petite église, curieusement nichée dans un bâtiment sans charme, se pressent les confessions les plus diverses : des musulmans, car la grande mosquée n'est pas loin, des juifs qui sortent tout juste de leur repos sabbatique, et bien sûr des chrétiens de toutes obédiences qui tentent avec difficulté de pénétrer dans les lieux où le Christ serait né. Parmi eux, un protestant fluet se trouve contraint de jouer des coudes.

Michel Rocard a changé de vie après son départ de Matignon. Il s'est séparé de sa femme Michèle et vit désormais avec une psychanalyste d'origine israélienne. Son voyage sur ces terres — du moins le jure-t-il — tient donc moins à des considérations électorales, à cinq mois du scrutin présidentiel, qu'à une forme de communion conjugale. Pourtant, depuis quelque temps, tous les chefs de parti et une bonne brochette de ministres font ce déplacement, dans l'espoir de s'assurer les voix de la communauté juive de France. Personne, au sein du personnel politique, n'a oublié le vote-sanction qui avait frappé Valéry Giscard d'Estaing en 1981.

Durant la messe, Michel Rocard, qui aime tant découper le monde en concepts, essaie de s'abandonner à cette ville-musée si longtemps transformée en poudrière. Il songe à sa singularité de huguenot égaré à Bethléem. Il a lu Bossuet et son *Histoire des variations des Églises protestantes* : « Le propre de l'hérétique, c'est-à-dire de celui qui a une opinion particulière, est de s'attacher à ses propres pensées. » Le maire de Conflans ne demande que cela...

Sans attendre la fin de la cérémonie, le couple décide de regagner Jérusalem afin d'éviter les embouteillages. La nuit est claire et le temps doux ; dans les jardins du Mont des Oliviers, main dans la main, l'ancien Premier ministre et son épouse se promènent. À leurs pieds, les lumières incertaines de Jérusalem clignotent sans discipline. Ses pensées ramènent Michel Rocard à son destin. Dans une semaine débutera l'année clé et il se retrouvera, une nouvelle fois, contraint de calquer son comportement sur la décision d'un homme qui ne l'a jamais aimé mais devant les décisions duquel il a toujours dû s'incliner.

Le patron du PS n'a pas gardé un souvenir serein de ses reculades obligées, à l'automne 1980 puis sept ans plus tard, face aux candidatures de François Mitterrand. Il serait, cette fois-ci, inconvenant qu'il déclarât ses désirs élyséens avant que le titulaire du poste n'eût jeté officiellement l'éponge. En attendant, il lui faut ronger son frein en surveillant Jacques Delors du coin de l'œil. Et, dans son rétroviseur, les appétits de Jack Lang et de Bernard Tapie.

Certes, pour Michel Rocard, la décision de François Mitterrand ne souffre pas l'ombre d'un doute : il quittera ses fonctions. Hélas, le calendrier restant hypothétique, le temps de campagne se raccourcit dangereusement. Par chance, la droite n'a toujours pas désigné son porte-drapeau. Saisi par la paix du cadre, l'épiderme durci par trente ans de combat politique, Michel Rocard oublie presque son obsession élyséenne, ce palais qu'il a déjà brigué en 1969 et à la conquête duquel il n'a jamais pu, depuis, repartir. Peut-il attendre encore un tour ? Il n'a que soixante-quatre ans après tout. Non, ce sera l'année prochaine ou jamais ! Il ne doute pas de ses capacités, il craint simplement une défaite annoncée avec constance par les instituts de sondage. Il a prouvé, en finesse, qu'il pouvait dompter le PS, il essaiera de faire de même avec l'opinion.

L'année prochaine à Jérusalem, en chef d'État...

Seychelles, 2 heures

Loin de tous, Jacques Chirac dormait. Pour cause de décalage horaire.

C'est Jean-Pierre Chaumard, le patron du Royal Palm à l'île Maurice, qui lui a suggéré de venir se perdre au bout du monde. Comme il le fit naguère, le maire de Paris aurait souhaité passer quatre jours dans son hôtel pour les fêtes, mais dans la discrétion. Il n'avait pas goûté le tapage qui avait suivi, il y a deux ans, son séjour de Noël dans le sultanat d'Oman.

— Pour la discrétion, ce ne sera pas garanti, lui avait répondu Chaumard, Jean-Pierre Elkabbach et Nicole Avril sont encore là cette année. Et ils ne seront pas seuls.

— Alors, oublions, avait tranché Jacques Chirac.

— Si vous souhaitez vraiment le calme et la solitude, j'ai une idée. Un de mes amis possède une île des Seychelles. Il n'y a pas âme qui vive. Son nom vous amusera : Poivre. L'île Poivre. Vous dépendrez d'un hôtel situé sur l'île voisine : Desroches. Ce n'est pourtant pas l'isolement complet. Ils ont des avions tous les jours vers la capitale, Victoria. Et, comme là-bas ils regardent moins la télévision française qu'à Maurice, personne ne vous embêtera.

Jacques Chirac a répondu oui. Il a embrassé sa fille Laurence et s'en est allé avec les deux femmes dont le jugement lui importe : son épouse Bernadette et son autre fille, Claude.

Arrivés à Mahé, l'île principale des Seychelles, ils ont tous trois embarqué vers Desroches, puis attendu une mer clémente pour franchir les vingt milles qui les séparaient encore de l'île Poivre. Au matin du 24 décembre, ils avaient pu faire la route en pirogue, sous un soleil de plomb. Jacques Chirac aima ce débarquement à la Robinson Crusoé. Le ressac était encore assez fort et le bateau avait pris l'eau. Le piroguier avait promis de venir rechercher ses illustres passagers le lendemain à la même heure.

Seul un campement de fortune subsiste sur l'îlot désormais inhabité. Un Allemand avait fait don au gouvernement seychellois quelques années auparavant d'un hôpital lilliputien qui devait, au siècle dernier, accueillir quelques lépreux ou des marins en quarantaine. L'hôtel-pension de Desroches avait utilisé ses vieilles pierres et un auvent de palmes pour reconstituer un bungalow au confort spartiate mais à la solidité garantie. Des représentants du gouvernement seychellois et de l'ambassade de France s'étaient rendus sur place pour s'en assurer. Passe que le maire de Paris veuille jouer au naufragé volontaire, mais les autorités responsables avaient préféré limiter les risques.

L'homme qui d'ordinaire régnait sur une ville de deux millions d'habitants se retrouvait à la tête d'un confetti de trois âmes. Il avait fait le tour du propriétaire en fin d'après-midi, après la sieste, et avait aimé les couleurs furieusement orangées du ciel lorsque le soleil s'était couché dans le lagon.

L'île n'étant pas grande, Jacques Chirac avait abandonné Bernadette et Claude et décidé de longer seul le rivage. Il doit prendre sa décision en évitant de penser à celle d'Édouard Balladur. Le maire de Paris songe au précédent de 1974, à la précipitation avec laquelle Jacques Chaban-Delmas s'était déclaré, se voyant reprocher d'avoir brigué l'Élysée avant même que ne soit clos le caveau de Georges Pompidou. Peut-il prendre le risque d'annoncer dès la semaine prochaine sa candidature ? Va-t-on lui demander d'attendre l'annonce par François Mitterrand de son retrait ? Il ne veut pas, une fois de plus, laisser la maîtrise du calendrier à ce redoutable joueur. Se jeter à l'eau, donc ?

La nuit tombe vite dans l'océan Indien. Les crabes noirs en profitent pour effectuer d'incessants allers-retours entre la mer et leurs trous. On ne distingue plus les masses sombres des rochers. À gauche, la mer, apaisante. À droite, des arbustes rabougris, une végétation dense qui a souffert pendant la journée et calme maintenant les brûlures du soleil. Les branches craquent, de minuscules animaux se fraient un passage. Le promeneur éprouve une certaine jouissance à dominer son appréhension. Il goûte une solitude qui lui a si souvent manqué. Depuis un voyage d'adolescent à bord d'un cargo pour traverser l'Atlantique, il n'a pratiquement jamais connu de tels moments : face à lui-même, sans collaborateur ni téléphone à portée de main. Toute sa vie n'a été que prises en charge sociale, de lui-même et des autres. L'ENA, les cabinets ministériels, les galops électoraux, les estrades battues, les cours de ferme en Corrèze, les arrière-boutiques à Paris, toujours il s'est placé sous le regard d'autrui, la mâchoire crispée à force de sourire. Un homme politique qui ne sourit pas peut inquiéter, va donc pour le rictus.

Sur la plage de l'île Poivre, Jacques Chirac n'a pas besoin de sourire. Il est serein, heureux, même. De tels instants sont si rares qu'il en apprécie chaque seconde. Il se sent soulagé : il a pris sa décision, *la* décision. Elle sera irrévocable.

À son retour au bungalow, il ne dit rien ni à sa femme ni à sa fille. Il est trop tôt. Et pourquoi leur gâcher Noël ? C'est l'un des plus beaux qu'ils ont connus.

Paris, rue François-Ier, 8 h 30

Les journaux du matin achevés, c'est l'heure de la détente à la rédaction d'Europe 1. La vaste salle d'ordinaire bruissante paraît vide. Elle fonctionne au rythme de l'actualité. À moins que ce ne soit l'inverse. Allez savoir qui de l'œuf ou de la poule, de l'événement ou du journaliste, ouvre le cycle. En ce jour de Noël, l'équipe ronronne et égrène les « marronniers », dans le jargon qui désigne les sujets bateau revenant chaque année à date fixe, de la rentrée des classes à celle du Parlement, de la fête des Mères à la bénédiction papale. Dans les rédactions, les permanents de service ahanent sur l'exercice de style imposé : les santons de Provence bien astiqués, les Noëls du bout du monde ou les complaintes d'une industrie du jouet très peu ludique. Sylvain Attal descend prendre son café au François-Ier, soulagé. L'actualité du jour lui a permis d'échapper à la corvée. Il a pu ciseler un billet à partir de deux micro-événements de la nuit en brodant avec humour sur le manque de charité des contribuables en cette veille de Noël. Les fêtes ont en effet été inaugurées par deux pétards inattendus.

Dans la nuit, à 3 h 10, un engin a explosé devant la permanence électorale du ministre de l'Économie, Edmond Alphandéry, à Longué-Jumelles, la bourgade du Maine-et-Loire dont il est maire. Du jamais vu, dans une circonscription qui constitue un modèle de modération. Les événements de Mai 68 y avaient suscité à peu près autant d'émotion que l'annonce d'émeutes à Kuala Lumpur ou à Barranquilla. Les noms de Daniel Cohn-Bendit, Alain Geismar ou Jacques Sauvageot avaient été connus très tardivement, comme si la notoriété des chefs de file estudiantins n'était parvenue dans cette province qu'au rythme des diligences. Il en avait été de même lors de la révolte anti-CIP. Quant aux bulletins de vote en faveur d'Arlette Laguiller ou d'Alain Krivine, on les comptait sur les doigts d'une main.

C'est dire si, localement, les supputations allaient bon train. Les premières conclusions des Renseignements généraux écartaient les organisations paysannes. Jamais la FNSEA ou le CNJA — pourtant puissants dans le département — n'avaient eu recours à de tels procédés. L'hypothèse d'un règlement de comptes électoral semblait également peu crédible aux enquêteurs locaux. Il était difficile de trouver plus rose pâle que le PS de la circonscription, et même un spécialiste des hiéroglyphes politiques n'aurait pu découvrir la moindre différence entre le RPR, le PR et le CDS du cru. La gendarmerie comptait donc explorer en priorité la piste d'une vengeance personnelle et sa hiérarchie, rendue prudente par l'implication d'un ministre important de la République, avait immédiatement informé le cabinet de François Léotard de cette intention. Elle attendait un feu vert.

La seconde explosion s'était produite cinq minutes plus tard près d'une des entrées latérales de l'hôtel de ville de Neuilly, le fief de Nicolas Sarkozy, à deux cents mètres à peine de l'endroit où, deux ans auparavant, un autre engin explosif avait détruit l'entrée d'un parking. L'attentat avait alors été signé « H.B. », des initiales mystérieuses qu'un épilogue douloureux, quelques jours plus tard, sous forme de prise d'otages dans une école maternelle, avait fait connaître au monde entier. Cette fois, pas l'ombre d'un indice. Éric Schmitt est mort et enterré. Sa famille, prostrée, a demandé en vain la réouverture du dossier, et le syndicat de la magistrature attend toujours le résultat de ses poursuites contre les responsables de l'opération policière. Aucun service officiel n'imagine le moindre lien entre cet attentat et le drame de la rue du Commandant-Charcot. En revanche, la simultanéité des actions contre les deux principaux responsables de Bercy, contre les deux hommes qui tiennent les cordons de la bourse, a frappé les enquêteurs comme les journalistes. Dès lors, les hypothèses vont bon train.

L'absence d'indices contraint la police à un attentisme vigilant. Un véhicule des services municipaux de Neuilly, dit « d'astreinte », en alerte jour et nuit, s'est empressé de faire disparaître les légers dégâts infligés à l'hôtel de ville. Charles Pasqua n'aura pas de mal à tout reconstituer lorsque, à son réveil, il sera prévenu ; le permanent du ministère n'avait pas osé tirer le ministre du lit pour de légers dégâts matériels. Il connaît bien les lieux : il fut longtemps conseiller municipal à Neuilly, jusqu'à ce jour funeste où son petit protégé Nicolas Sarkozy lui souffla le poste de maire, à la mort d'Achille Peretti.

Aucune revendication n'étant parvenue aux services officiels avant que les faits n'aient été diffusés sur les ondes, les appels qui se succèdent au nom de groupes aussi mystérieux qu'inconnus ne retiennent guère l'attention. D'autant que leurs auteurs sont incapables de donner des précisions au-delà des informations répercutées par les médias.

Parvenu dans le hall, Sylvain Attal est hélé par l'une des hôtesses d'accueil :

— Sylvain ! Il faut que vous remontiez à la rédaction, il y a un appel urgent pour vous.

L'interpellé remercie d'un sourire et fait demi-tour en grommelant. Comme si une urgence pouvait exister un 25 décembre après la tranche des journaux du matin !

Son confrère, Olivier de Rinquessen, le téléphone à la main, lui glisse :

— C'est Dominique Ambiel. Il a insisté pour que je te rappelle. Navré.

Sylvain Attal libère le micro du combiné sur lequel il avait posé une main. Il connaît bien Ambiel, qui s'occupait des artistes pour François Léotard au ministère de la Culture dans les années 86-88.

— Allô, Dominique ! Tu me cherchais ? Tu voulais vérifier si j'avais été capable de me lever ? Ce qui m'étonne, c'est que toi, tu sois déjà réveillé !

— Pas de mon fait, je t'assure ! C'est Emmanuelle Léotard qui m'a fait émerger. Elle a appelé il y a une demi-heure pour savoir où se trouve son mari. Il n'est pas rentré hier soir. J'ai bien réfléchi, mais je ne me souviens pas de l'avoir vu partir de La Cigale. Je me suis dit que tu saurais peut-être quelque chose. Tu devais partir tôt parce que tu travaillais aujourd'hui et Philoutard m'avait lui aussi annoncé qu'il ne resterait pas longtemps. J'ai pensé que vous étiez peut-être sortis ensemble.

Sylvain Attal ne dispose d'aucun élément. Il a à peine aperçu Philippe Léotard à cette soirée et découvrir que le comédien a découché ne lui semble pas, compte tenu de la réputation du bonhomme, un motif réel d'alarme.

— Il a changé, tu sais, depuis qu'il vit avec Emmanuelle.

Sylvain Attal raccroche. L'information est un peu mince pour lancer une enquête. Il en parlera plus tard au noctambule Christian Barbier. Mais d'abord ce café de Noël...

Serra-di-Scopamène, 9 heures

Le millier d'habitants de ce chef-lieu de canton de l'arrondissement de Sartène se réveille tout doucement. Le réveillon a épuisé les plus vaillants. Pour une fois, la traite des chèvres prendra un peu de retard. Les fromages constituent l'une des rares ressources de cette région montagneuse. Les pacages y forment toujours l'épine dorsale de la vie pastorale.

Sur le plateau de Cuscionu, au-delà du refuge, au pied de l'Incudine, une vieille bergerie en ruine a été habilement rafistolée. L'été, les bergers montent volontiers cochons, chevaux et vaches jusqu'à ces altitudes pour profiter des pâturages, mais l'hiver la région est désertique. À mille cinq cents mètres l'herbe est déjà trop chiche pour les moutons et seules les chèvres parviennent à se satisfaire d'un régime aussi frugal. Personne ne risque de remarquer le panache de fumée blanche qui s'élève en volutes régulières.

Couché sur une paillasse, enseveli sous un amoncellement de couvertures malodorantes, Philippe Léotard retrouve des sensations familières, un mélange de brumes cérébrales et de brûlures d'estomac, de vertiges et de haut-le-cœur. Il a soif, il a faim, mais serait incapable d'avaler quoi que ce soit. Il tente de se redresser pour s'adosser à la paroi mais un douloureux élancement dans la boîte crânienne le contraint à renoncer. Il roule simplement sur son matelas et se laisse submerger par une vague de larmes. Sur ses épaules pèse soudain le poids de la petite Faustine, comme lorsqu'il lui sert de cheval pour traverser le boulevard Saint-Michel et gagner le jardin du Luxembourg.

Pour stopper ce flot montant, Philippe Léotard referme les yeux. Sous ses paupières surgit le visage d'ange de sa jeune Tourangelle, sa « moitié d'âge », la mère de Faustine. Il revoit cette maison des bords de Loire où ses gardes du corps étaient entrés, invités à une soirée lors d'un tournage il y a douze ans. Il avait préféré rester seul dans sa grosse américaine à les attendre, laissant des bouffées de musique lui parvenir de temps à autre. Il s'était roulé un joint en pensant à Patrick. Patrick Dewaere, son pote, comédien comme lui, paumé comme lui, et qui venait de se foutre en l'air. Depuis, Philippe, hanté par l'image de cette disparition, ne se séparait plus de son revolver. Il sentait la crosse peser sur sa poitrine. Il devait réagir, ne pas se laisser glisser. Et c'est bien parce que les producteurs se méfiaient qu'ils lui avaient offert des gardes du corps. Chargés en réalité de le protéger contre lui-même.

Philippe était sorti de la voiture. Il avait gagné la maison inconnue, s'était glissé dans la fête pour boire et oublier. À la santé de l'ami qui s'était enfoncé dans le mystère de la nuit. Cette lumière l'agressait. Il avait quitté la pièce et gagné les toilettes, leur intimité, leur obscurité. C'est là qu'il avait glissé le canon du P .38 dans sa bouche. Aujourd'hui encore, gisant sur ce matelas, il retrouve le goût si particulier de l'acier froid sur ses lèvres.

C'est alors qu'avait surgi « l'envoyée de Dieu », une toute jeune fille, encore une enfant. Doucement, elle avait écarté l'arme, et lui avait pris la main en disant : « Venez dans ma chambre, vous serez mieux pour pleurer. » Emmanuelle, la bien nommée, était entrée dans sa vie pour n'en plus sortir.

Philippe Léotard se retourne sur son grabat. Ses lèvres dessinent un appel, un prénom sans cesse répété : Emmanuelle, Emmanuelle. Pour lui, elle a abandonné ses études de médecine. Elle a choisi de ne se consacrer qu'à un seul patient. Comment pourra-t-il jamais l'en remercier ? À son chevet ce n'est pas de patience qu'elle a fait preuve mais d'un sacerdoce, d'une véritable vocation. Ou tout simplement d'amour. Grâce à elle, Philippe a osé goûter au bonheur.

Calmé une nouvelle fois par ce visage ressurgi, le comédien prend peu à peu conscience de l'étrangeté du lieu dans lequel il se réveille. Des bribes de souvenirs émergent en désordre. Une odeur de kérosène, d'abord. Des maux d'estomac, ensuite, nés des effluves nauséabonds, des cahots permanents et de quelques trous d'air qui lui retournaient les tripes. Et toujours cette obscurité opaque. Enfin la lumière est revenue. C'est le jour au demeurant qui l'a éveillé, car aucun bruit n'est perceptible. En prenant soudain conscience de cette qualité de silence, Philippe Léotard sent l'angoisse l'envahir. Il tente de mettre de l'ordre dans ses souvenirs. De quand date la dernière scène dont il conserve une vision précise ? De La Cigale, bien sûr, et du pot qui a suivi. Il y a traîné, pas très longtemps, lui semble-t-il, et il est sorti. Ah oui, il y a eu cet incident avec le dealer, mais tout s'était passé en douceur. Où peut-il se trouver ? Et quelle heure est-il, quel jour ?

Lentement, très lentement, vertèbre après vertèbre, Philippe Léotard se redresse en appuyant sa nuque puis son dos au mur de pierres sèches. Un froid vif le saisit au fur et à mesure qu'il se dégage des couvertures, achevant de lui rendre sa lucidité. Il se remémore enfin la scène de la voiture, à sa sortie de la boîte de nuit, et l'évidence l'aveugle : il a été enlevé !

— C'est pas vrai, murmure Philoutard abasourdi.

Ils n'ont quand même pas fait ça ? Et pour une simple prise de bec ? Je n'y crois pas.

Plus il réfléchit, plus son tumultueux passé l'encombre par bouffées. À bien y songer, il n'a pas côtoyé que des anges et ceux qui peuvent lui en vouloir ou espérer tirer profit de sa séquestration sont légion. Bien plus nombreux qu'il n'aurait imaginé. Comment, en effet, les amis du dealer de Pigalle auraient-ils pu improviser un rapt en quelques minutes ? L'opération avait été trop rondement menée pour n'avoir pas été préparée avec soin, les lieux repérés et les gestes minutés. Seuls de véritables professionnels avaient pu se risquer à un coup aussi périlleux en plein cœur de la capitale.

Avec sa lucidité, Philippe Léotard retrouve également un fonctionnement physiologique naturel. Les crampes qui lui nouent l'estomac sont saines : il a faim. Explorant la pièce nue dans laquelle il se trouve, il découvre, posée au pied du mur, une volumineuse cruche de grès. L'acteur se dresse encore un peu et tend la main.

— Bigre, c'est lourd !

Son poignet douloureux a relâché un instant le récipient. Seul un filet d'eau claire s'est répandu sur le sol de terre battue. Où peut-il être ? Saisissant la cruche à deux mains, il la porte à ses lèvres et se verse de longues goulées gourmandes.

Il croit alors entendre un chant. Philippe Léotard s'interrompt et tend l'oreille. La voix semble lointaine, étouffée par les murs. Il se concentre, tente de distinguer les paroles, troublé par la sonorité. Ce n'est pas du français, et pourtant le son lui est familier, le vocabulaire compréhensible. Mais oui, Philoutard y est !

« *Ghiuvan' Martinu lu mió fratéllu*
Se n'è partutu per lu battéllu.
Sta mani in Francia se n'è andatu
In un usina s'è impiegàtu
Ma preferiscu le mió campagne
E l'ara pura di le muntàgne.
Nanzu lu chíostru e lu stazzala
Ch'esse impiegàtu a l'arsanàle.
Eio só Francescu lu spenseràtu
Sempre cunténtu mài pressátu
Cu lu mió cane u Pidiolu
Curù le capre per Niolu. »

À mi-voix, le comédien s'efforce de traduire au fur et à mesure que le chant lui parvient et il y réussit pour l'essentiel :

« *Jean Martin, mon frère,*
est parti avec le bateau.
Il s'en est allé en France ce matin
pour être employé dans une usine
Mais je préfère mes campagnes
et l'air pur de mes montagnes.
Plutôt l'enclos et le parc à bétail
qu'être employé à l'arsenal.
Je suis François le sans-souci
toujours content, jamais pressé
Avec mon chien Pidiolu
Je m'occupe des chèvres dans le Niolu. »

La mélodie s'est éteinte. Philippe Léotard ramone autant qu'il peut les conduits rouillés et, forçant au maximum une voix naturellement sourde, il reprend le chant du début :

> « *Berrètta misgia ben' incalfàta*
> *cu la mé pippa sempra imburràta*
> *PisculleIenda qui e culà*
> *Portu le capre a pascurà*[1]... »

Aucun écho ne lui répond. A-t-il seulement été entendu ? L'acteur s'interrompt, la gorge douloureuse. Il a soif et boit à nouveau avec avidité.

Par quel miracle les paroles de cette chanson traditionnelle des bergers corses lui sont-elles revenues à l'esprit ? Et comment se fait-il que, là-bas, de l'autre côté du mur, quelqu'un la chante ? Philoutard ne comprend plus rien à son aventure.

Paris, cours Albert-Ier, 11 heures

Éric Cachart a poussé, somnolent, le portail en fer forgé du siège parisien de France 3. Il n'a pas assez dormi et s'en fait le reproche. C'est de la faute de Brigitte, qui l'a traîné à La Cigale. Son rédacteur en chef, Henry Lauret, n'a guère plus d'enthousiasme. Il

1. « Bonnet bien enfoncé,
pipe toujours bien bourrée,
pêchant de-ci, de-là,
je conduis les chèvres au pâturage... »

n'est jamais agréable d'être de service un jour de Noël, de travailler quand les autres se reposent. Les deux hommes éprouvent d'autant plus de difficulté à se mobiliser qu'ils vont découvrir les chiffres désolants de Médiamétrie pour la soirée de la veille. C'est une constante depuis la naissance du Christ ou presque : le J.T. du 24 décembre est le moins regardé de l'année. Ce soir-là, le nombre total des téléspectateurs des journaux télévisés ne dépasse jamais dix millions. Sur la Une, comme sur la Deux, ou sur la Trois, c'est à peu près la moitié des taux d'audience habituels. À vingt heures, la France se recueille en famille, s'apprête à partir pour la messe, à distribuer des cadeaux et à réveillonner. Ses hommes politiques n'échappent pas à la règle. Seuls les solitaires tentent de se réchauffer au spectacle du petit écran, de préserver ce lien qui les maintient en contact avec leurs semblables, qui les associe à un monde auquel ils appartiennent souvent si peu, qu'ils soient malades, isolés, et trop souvent oubliés.

De la rédaction quasi déserte de France 3, Éric Cachart appelle son ami Michel Calzaroni, ancien collaborateur de François Léotard à la Culture, pour lui souhaiter joyeux Noël.

— Je n'ai pas vu François, hier soir. Il était invité ?

— Philippe m'a dit que oui. Mais tu connais son frère. Il a dû oublier. Je crois qu'il est en Irlande. De toute façon, la soirée a tourné court. Quand je suis parti, Philippe m'avait l'air d'être en conversation animée sur le trottoir...

Lundi 26 décembre

Paris, avenue Montaigne, 6 h 45

La nuit a été courte pour les journalistes de France 2. Le chef des informations générales, Benoît Duquesne, est arrivé aux petites heures pour prêter main-forte à Gérard Leclerc et mobiliser ses troupes. Il donne toujours l'impression de descendre de cheval et, au fil des ans, finit par ressembler aux inspecteurs de la P.J. qu'il fréquente pour leurs tuyaux. Cette fois encore, ils lui ont été bien utiles pour dépêtrer le vrai du faux dans toutes les hypothèses avancées sur la vague de curieux attentats qui s'annonce nuit après nuit. Il aura encore besoin d'eux dans la journée.

Le journaliste est perplexe. Il vient de recevoir un coup de téléphone de Valérie Bernis, l'une des collaboratrices d'Édouard Balladur. Elle commence très tôt, surtout en cette période de Noël. Elle a reçu pour mission d'informer les télévisions sur la réaction de Matignon aux événements pétaradants de ces dernières nuits. Voix ferme et assurée, elle sait traduire la pensée du patron. Benoît Duquesne a raccroché, troublé. Le gouvernement minimise la portée des attentats. Aucun déplacement n'est annulé. Faut-il s'être levé si tôt pour courir d'aussi maigres lièvres ?

En trois points du territoire, des bombes ont encore explosé cette nuit. La première dans une poubelle de Vitré, non loin du domicile de Pierre Méhaignerie ; la seconde à Metz, devant le siège du conseil régional de Lorraine, présidé par Gérard Longuet ; et la troisième enfin au Perreux, devant la permanence électorale de Michel Giraud.

Un quatrième engin, aussi inoffensif que les autres, s'est manifesté avenue de Breteuil, dans le VIIe arrondissement de Paris. Le relevé des locataires et propriétaires de l'immeuble laisse perplexes les enquêteurs : aucun ministre n'habite les lieux.

Les nouvelles parviennent par bribes dans les rédactions. Puis l'AFP publie un *lead* sur ses fils en rapprochant ces divers incidents locaux. Commence alors à germer l'hypothèse d'une opération d'ensemble contre le gouvernement. La machine médiatique accélère brusquement, malgré ses effectifs réduits en cette période de fêtes.

Dans le « triangle d'or » des radios, François-Ier-Bayard-Magellan, de l'avenue Kennedy à l'avenue Montaigne, du cours Albert-Ier au quai du Point-du-Jour à Boulogne, les principales rédactions de l'audiovisuel sont sur les dents. Si Valérie Bernis est sur le pont d'aussi bonne heure, c'est que le gouvernement s'inquiète.

Jean Offredo et Jean-Claude Odin, sur la Chaîne Info de TF 1, William Leymergie et Laurence Piquet, sur France 2, ont trouvé dans les événements de la nuit de quoi nourrir des journaux par ailleurs bien vides. Jean-Jacques Bourdin, sur RTL, a parlé d'une « piste noire » liée à l'extrême droite, alors que Frédéric Elbert, sur Europe 1, penche plutôt pour une « piste rouge », résurgence d'Action directe. Michel Polacco sur France Inter, plus prudent, s'abstient encore de toute interprétation politique. La radio entend bien rester la reine des petits matins.

Paris, rue de Varenne, 7 heures

Le Premier ministre fait son entrée, comme de coutume, sous le porche du numéro 57, insensible en apparence aux véhicules multicolores des médias qui encombrent la rue. Le conseiller de permanence n'a pas cru bon, compte tenu des circonstances, de permettre leur entrée dans la cour de l'hôtel Matignon. Le lourd portail est soigneusement clos.

Habitué aux petits levers à six heures, Édouard Balladur se dirige vers son bureau après avoir distraitement rendu son salut au garde républicain en faction au pied de l'escalier d'honneur. Il n'a pas de temps à perdre s'il veut respecter le programme officiel de sa journée. À neuf heures en effet il doit se trouver à Montpellier pour une de ses visites consacrées à l'Aménagement du territoire. Il lui faut donc rallier la base du GLAM à Villacoublay dans une heure au plus tard puisque, à la demande pressante du ministre de l'Intérieur, il a renoncé à utiliser, comme prévu, le vol régulier d'Air Inter. Les gestes symboliques qui avaient accompagné les premiers pas du gouvernement n'ont plus lieu d'être. D'autant qu'au retour de ses virées en province, le Premier ministre, débarrassé des journalistes et des caméras, a emprunté assez régulièrement les avions de la flotte ministérielle pour regagner la capitale.

Dans l'antichambre du premier étage, guidé par Arlette Le Bris, Charles Pasqua attend le chef du gouvernement en trempant une lèvre précautionneuse dans la tasse de café que l'huissier vient de lui apporter. Le Premier ministre lui tend la main :

— Bonjour, Charles. Merci d'être passé.

Les deux hommes semblent fatigués. Charles Pasqua, le visage gris, a posé à côté de lui le mince dossier récapitulant les événements des dernières nuits. Il en a déjà donné par téléphone l'essentiel au Premier ministre. Fidèle à ses rites, Édouard Balladur avait, la veille, de retour de Chamonix, regardé le film dominical à la télévision. Il se couche tôt, mais les mois passés à l'hôtel Matignon commencent à se faire sentir. Ils pèsent d'autant plus lourd que les scores des sondages se sont amenuisés.

Les deux hommes ont écouté, chacun de leur côté, les informations. Les radios et les télévisions matinales s'en donnent à cœur joie. En dépit des consignes de silence du ministre de l'Intérieur, des fuites se sont produites, qui seront certainement bien difficiles à localiser. Quelques responsables n'ont pu s'empêcher d'alerter leurs habituels correspondants journalistes ; des détails précis sont remontés des provinces. En conséquence, le navire gouvernemental se sent menacé par la houle.

Charles Pasqua a suivi, tasse en main, le Premier ministre dans son bureau. Les deux hommes ont pris place, près de la porte-fenêtre donnant sur le parc, dans de grands fauteuils de cuir. Le ministre de l'Intérieur pose son café sur la table ronde et bougonne :

— Il faudrait vraiment remettre ce voyage. Je n'ai pas eu le temps d'arrêter des mesures de sécurité réellement à la mesure de la situation.

— Non, Charles, il n'en est pas question. J'ai réfléchi depuis votre coup de fil, tout à l'heure. En politique, le ridicule peut tuer plus efficacement qu'un petit pain de plastic. Je maintiens le programme en Languedoc-Roussillon. Je comprends que, compte tenu des circonstances, vous restiez à Paris, mais, pour ma part, je prendrai l'avion pour Montpellier. Nous ne devons donner ni l'impression d'avoir peur, ni le sentiment que l'appareil d'État est paralysé. La République ne recule pas.

Une des paupières du ministre de l'Intérieur se soulève totalement afin de permettre à Charles Pasqua d'examiner son vis-à-vis. Les allures de père noble l'agacent toujours et il a remarqué combien Édouard Balladur les adopte volontiers. Il riposte :

— Elle aurait bonne mine, la République, si le chef du gouvernement se faisait descendre. On m'a déjà signalé une voiture suspecte à Montpellier, sur le passage du cortège.

Le ministre sourit. Intérieurement, bien sûr, fonctions obligent. Sa remarque a porté. Le Premier ministre s'est tu. Charles Pasqua n'ira pas jusqu'à lui préciser, pour l'instant, que l'incident avait été sans suites : le véhicule suspect était sorti blanchi de son passage au peigne fin. Il fallait être sur ses gardes. Les deux hommes conviennent de raccourcir le voyage en supprimant l'étape de Narbonne et en modifiant légèrement l'itinéraire. Et, puisque Pasqua restera dans la capitale, ils se tiendront informés « heure par heure », comme on aime à dire dans les communiqués officiels qui n'ont pas d'autres secrets à livrer.

Charles Pasqua peste. Ces déplacements en province dans le cadre de l'Aménagement du territoire sont non seulement son idée mais aussi, à ses yeux, son œuvre majeure. Voir le Premier ministre utiliser les circonstances pour tirer la couverture à lui n'a rien qui le réjouisse. Il se garde bien de l'exprimer. Dès le début de ces tournées, Édouard Balladur n'avait cessé de lui tenir la main, l'accompagnant dans chaque région alors que rien de tel n'avait été initialement prévu. Le ministre de l'Intérieur rongeait donc son frein, ne goûtant sa revanche qu'à l'heure des discours, lorsque à l'applaudimètre il surclassait assez souvent le chef du gouvernement. Cette fois-ci, Balladur n'aura pas de rival.

La porte du bureau du Premier ministre s'entrouvre pour laisser passer la tête de son directeur de cabinet. Nicolas Bazire, d'un hochement de tête, salue les deux hommes et tend son poignet pour mettre sa montre en évidence.

— Nous y allons, commente Édouard Balladur en prenant appui sur les accoudoirs pour se lever.

Tous trois redescendent le majestueux escalier de marbre au pied duquel s'agite la petite troupe de collaborateurs qui doit participer au déplacement en

Languedoc-Roussillon. Le ministre d'État charge Pierre Bordry de le représenter. Contrairement à l'usage, Édouard Balladur et Charles Pasqua ne sortent pas dans la cour d'honneur mais traversent les salons du rez-de-chaussée pour rejoindre le parc où les voitures attendent. Le ministre de l'Intérieur est en effet entré à Matignon par la rue de Babylone afin de tromper les journalistes et, pour la même raison, le Premier ministre et sa suite vont également sortir par le fond du parc. Seule une moto frétée par deux photographes guette, mais ses occupants sont, comme par hasard, bloqués par un contrôle d'identité au moment où surgissent les voitures officielles. Le cortège du Premier ministre fonce vers Villacoublay.

À quelques minutes de l'aéroport, au carrefour de Vélizy, le téléphone de voiture du Premier ministre sonne. L'aide de camp décroche et annonce Charles Pasqua. Édouard Balladur empoigne le récepteur situé à l'arrière et articule simplement : « Oui. » Le ministre de l'Intérieur lui annonce que la voiture de Jean Puech vient de rendre l'âme à Rodez, après une légère explosion au moment où le chauffeur mettait le contact. Il n'y a pas de blessé. Jean Puech devrait retrouver, comme prévu, Édouard Balladur à l'aéroport de Montpellier. Élu d'un département voisin et ministre de l'Agriculture, il a deux raisons impérieuses d'être fidèle au rendez-vous.

Tout au long de la journée, les hommes chargés de la sécurité du Premier ministre allaient être sur les dents. Et les premières victimes en seraient les journalistes, peuplade indiscrète et indisciplinée, objet de toutes les attentions lorsqu'il faut chanter les louanges mais tenue pour indésirable dès que les événements tournent mal. Or, la presse avait pris goût à ces déplacements en province du Premier ministre. Ils lui permettaient d'approcher de plus près le chef du gouvernement, de lui soutirer quelques fausses confidences savamment distillées. En dépit de tous leurs efforts, cette journée sera blanche. Victoire de La Genière, attachée de presse de Matignon, sera leur unique interlocutrice. Édouard Balladur ne leur adressera pas la parole. Ses deux discours de Montpellier et Perpignan, préparés par un autre membre du cabinet, seront convenus à souhait. Le Premier ministre n'y rajoutera pas la touche personnelle qui aurait pu les humaniser et se bornera à vanter les mérites de l'ordre et de la discipline comme seule allusion aux événements de la nuit.

Fier de nature, Édouard Balladur redoute tout ce qui pourrait affaiblir l'autorité du gouvernement. La révolte des jeunes en mars reste un souvenir cruel. Certes, la situation n'a rien de comparable avec la panique collective qui avait accompagné les attentats de l'automne 1986. Pour avoir vécu cette période dans l'équipe de Jacques Chirac, il avait apprécié le sang-froid de Charles Pasqua. Il avait aussi remarqué comment le Premier ministre de l'époque avait su rebondir sur cette crise pour mobiliser les Français autour de lui. La leçon n'avait pas été perdue.

Mais comment réagira cette fois-ci le pays ? Les Français vont-ils prendre au sérieux des « bombinettes » qui ne visent que des ministres, pour la plupart impopulaires de par leurs fonctions, d'autant que les explosions n'ont blessé personne ? Ne vont-ils pas donner un peu de leur sympathie à ces Robin des Bois qui narguent la République ? Et surtout, qui se cache derrière ces poseurs de bombes ?

Boulogne-Billancourt, quai du Point-du-Jour, 8 h 30

Les participants à la conférence de rédaction qui prépare le journal de treize heures de TF1 sont perplexes. Jean-Pierre About a toutes les peines du monde à réunir les images qui vont lui permettre de commander un sujet sur ce qu'on hésite encore à appeler les attentats. Rien n'a été tourné à Longué. Les « IVA », la banque d'images de France 3, ne peuvent pas non plus fournir de documents. Ceux du Perreux valent trois plans tout au plus. Personne ne s'est déplacé dans la nuit avenue de Ségur. Seul Denis Sébastien, de Metz, a expédié les rushes d'un mini-reportage. Quant à Hervé Ciret, correspondant de la chaîne en Bretagne, il grogne une fois de plus sur la nationale 12 contre son implantation brestoise. Il eût plus vite bouclé l'aller et retour Rennes-Vitré. Les images qu'il va glaner chez Pierre Méhaignerie ne serviront que pour le 20 heures.

Tout bien pesé entre le présentateur Jean-Claude Narcy et son rédacteur en chef, le sujet, bricolé avec des bouts de ficelle faute de matière, ne fera pas l'ouverture du journal de la mi-journée. Les lendemains de Noël sont dans tous les esprits. Va pour les fêtes... Il en ira de même pour le 20 heures, malgré un sujet plus léché, signé Laurent Bazin. Pourtant, les spécialistes maison des enquêtes policières se disent qu'il y a une piste à fouiller. Philippe Madelin, de permanence ce matin-là à Boulogne, appelle quelques bons amis de la FASP, le syndicat policier majoritaire chez les hommes en tenue. Ils lui confirment que les menaces ne sont pas prises à la légère. De son côté, David Pujadas interroge ses contacts place Beauvau. Confirmation de la première piste : il ne s'agit pas de bombinettes posées au hasard ; il y a peut-être là, pense-t-on, le début d'un code. Mais personne ne veut parler face à la caméra. La thèse aura donc un peu moins de poids et le sujet ne sera diffusé qu'en milieu de journal. Une décision, susceptible, comme toutes les autres, d'être modifiée, sera prise à la fin de la conférence de rédaction, vers neuf heures quinze, lorsque s'élaborera le « conducteur », la trame du journal télévisé.

C'est en général à ce moment-là que chacun s'égaille dans la nature. Restent le présentateur et le rédacteur en chef, le réalisateur du journal, le chef d'édition, la scripte et l'assistant de Jean-Claude Narcy.

Deux ou trois libellules butinent autour de ce dernier cercle, dans l'espoir de voir trancher une décision en suspens, ou de vérifier si leur propre sujet sera bien retenu sur le conducteur sacré. Heure de relâchement, où les plaisanteries fusent. Alain Bévérini dit avoir reçu un coup de téléphone de l'attachée de presse de Philippe Léotard. Tony Krantz s'inquiète : le comédien ne s'est pas rendu à un enregistrement radio à l'heure du déjeuner. Habituée à sa nature fantasque, elle ne se ronge pas les sangs mais demande un coup de main à ses amis journalistes. L'un d'entre eux se chargera de sonder les milieux que fréquente habituellement Philippe Léotard. Quelques plaisanteries égrillardes sur le sujet sonneront le terme de cette conférence rondement menée. Personne ne sait encore que la journée sera chaude.

Paris, place Beauvau, 11 h 30

Colérique de réputation, Charles Pasqua accueille avec un calme glacé ses collaborateurs et subordonnés réunis au ministère de l'Intérieur. Ils savent ce que cette façade peut cacher. Tous mesurent la délicate situation politique dans laquelle se trouve le « patron ». L'annonce des attentats est martelée depuis l'aube par toutes les radios et les télévisions. Le vide de l'actualité en cette période de fêtes a donné un retentissement excessif à des actes plus préoccupants par leur nombre que par leur nature. Le premier qui hasardera une remarque déplacée risque de mettre le feu aux poudres et de subir la hargne ministérielle. Les participants à la réunion se sont donc juré d'être prudents.

Avant d'accueillir les responsables policiers qu'il a convoqués, Charles Pasqua a soigneusement examiné la liste récapitulative qui lui a été transmise. Elle pose plus de questions qu'elle n'en résout.

Toutes ces explosions relèvent davantage, à franchement parler, du gros pétard que de la bombe. Elles ont généré plus de bruit que de dégâts, provoqué plus de peur que- de victimes. Il n'en reste pas moins l'évidente provocation à l'égard du gouvernement. Une réponse s'impose, au moins politique, si la police n'est pas en état de répliquer. C'est pourquoi Charles Pasqua a fait annoncer la réunion aux agences de presse par le sous-préfet Olivier Dubaut. Dès qu'elle sera terminée, il se rendra, le dos voûté, le sourcil sévère et l'air renfrogné, devant les caméras de télévision, pour pousser un spectaculaire coup de gueule. Du moins c'est ce qu'espère Jean-Marie de Morand, le chef de son service de presse, pour attirer les équipes des différentes chaînes.

Avant cet exercice, il faut rassembler un maximum d'informations. Le préfet de police de Paris, Philippe Massoni, a demandé la parole dès l'ouverture de la réunion. Ancien directeur central des Renseignements généraux durant le premier gouvernement de cohabitation, il se pique d'être l'un des hommes les mieux informés du pays. Il dispose de quelques précisions supplémentaires sur l'attentat le plus mystérieux de ces « nuits bleues », celui de l'avenue de Breteuil. Un de ses adjoints, perspicace, s'était frappé le front à la manière de feu l'inspecteur Bourrel. Il s'était fait apporter un décamètre et n'avait guère tardé, dès lors, à confirmer son intuition : au mètre près, la poubelle piégée se situait entre le domicile de Simone Veil et son bureau, avenue de Ségur...

Charles Pasqua enchaîne avec l'épisode du véhicule du ministre de l'Agriculture sans parvenir à réprimer une ébauche de sourire. L'atmosphère se détend. Trop, au gré du ministre, qui reprend son masque de bouledogue. Ses vis-à-vis se figent. Le préfet Massoni se risque à reprendre la parole. Comme gêné, il signale qu'on vient de découvrir un engin devant le soupirail d'une annexe du Quai d'Orsay. Il a fait long feu. Pasqua rumine :

— Sept ministres visés en un seul week-end : Alphandéry, Sarkozy, Méhaignerie, Veil, Longuet, Giraud, Juppé. Sans oublier Puech, peut-être. Le quart du gouvernement ! Il y a lieu de s'inquiéter. Triplez-moi les effectifs devant chaque domicile de ministre. Protégez-moi tout ce qui peut, de près ou de loin, avoir un rapport avec l'un d'entre eux. Et consigne à tous les préfets...

La mise au point technique est longue et laborieuse. Il faut sans cesse doser entre sécurité et effectifs en essayant de mesurer les risques sans immobiliser trop d'hommes. Agacé, le ministre de l'Intérieur fait annuler officiellement sa conférence de presse. Il manque encore d'informations pour monter en ligne, explique-t-il à ses collaborateurs. À eux de faire passer la pilule auprès des journalistes inutilement mobilisés.

Bien lui en a pris, car la police n'est pas au bout de ses aventures. La brigade spéciale de déminage de la préfecture vient de désamorcer à temps deux engins non loin du ministère des Universités et du domicile de Roger Romani, chargé des Relations avec le Sénat. Son *alter ego,* Pascal Clément, ministre des Relations avec le Parlement, a eu moins de chance. Une petite bombe « agricole » a explosé sous le perron de la maison du gardien de sa propriété de La Ferrière, à Saint-Marcel-de-Félines, dans la Loire.

Là encore, les dégâts sont minimes. Le gardien était sorti avec sa famille. Chaque coup de téléphone qui parvient place Beauvau fait craindre le pire.

Les mesures d'urgence arrêtées et les consignes passées, Charles Pasqua s'impatiente. Il n'aime pas la réunionite. D'un mouvement de paupières, il fait comprendre à son conseiller, William Abitbol, que le moment est venu de donner le signal de la dispersion. D'un geste, le ministre retient toutefois le préfet Massoni ; les autres prennent congé, curieux et vaguement vexés par le traitement particulier accordé à leur collègue. Seul avec le préfet de police, Charles Pasqua retourne s'asseoir derrière le bureau de Cambacérès qu'il avait fait restaurer lors de son premier séjour place Beauvau. Il s'effondre dans son fauteuil en grognant :

— On est dans la merde.

Le message est trop sibyllin pour que Philippe Massoni puisse risquer un commentaire. Il attend, laissant errer son regard sur le fanion de la voiture présidentielle du général de Gaulle que Charles Pasqua a fait mettre sous verre et exposé au mur. Le ministre de l'Intérieur ouvre un mince dossier posé sur son bureau, en sort une chemise de plastique transparent contenant une feuille de papier.

— J'ai reçu ça. Par la poste. À mon domicile. Je l'ai glissée là-dedans pour préserver les éventuelles empreintes.

Le préfet se saisit de la pochette plastique et entreprend de déchiffrer une écriture malhabile qui s'est appliquée à calligraphier un texte en majuscules :

O SGIO MINISTRU, AVÉMU IN DETENZÍONE FILIPPU LEOTARD, U CUMEDIANTE, DÀTU CH'ELLU FÀ PÀRTE DI A GRÀNDE PÀTRIA CORSA. U SÓ FRATELLU COME VÓI STESSU TRADITE A STORIA DI STÁ PATRIA PÓSTU CHE SITI A U SERVIZIU DI L'INVASÓRE CUNTINENTALE. DI PRUMETTE EPPÓ DI MANCÀ TUTT' OGNUNU A PÓ FA'. AVÀLE N'AVÉMU ABBASTANZA D'E VANE PRUMESSE. UNN CI CREDEMU PIU.

UNN CREDEMU PIU E PRUMESSE VOSTRE E NEMMÉNU A QUELLE DI I GRÚPPI AUTUNUMISTI MANIPULATI PA I VOSTRI DENÀRI E A VOSTRA PULIZZIA. ÉCCU E RAGGIONI DI U NOSTRU ÀTTU.

VULÉMU A RICUNNUSCIENZA DI L'IDENTITÀ CORSA E L'INDIPENDÉNZA DI A NOSTRA ÎSULA IND'U SPÀZIU DI L'UNIONE EUROPÉA.

O SGIO MINISTRU SIMU PAISÀNI. UNN LASCIATE ANDÀ S'AFFARE A MALE. DA A VOSTRA RISPOSTA, DA A VOSTRA SCELTÀ, DEPENDERA A VITA DI U NOSTRU OSTÀGGIU. TOCCA A VÓI DI PENSACCI. PIDDARÉMU CUNTÀTTU CON VÓI IND'A SETTIMÀNA.

EVVIVA A CORSICA INDIPENDENTE[1] *!*

1. Monsieur le Ministre, nous détenons Philippe Léotard, le comédien, membre de la grande patrie corse. Son frère, comme vous-même, trahissez l'histoire de cette patrie en vous mettant au service de l'envahisseur continental. Promettre et ne pas tenir est à la portée de tous. Nous en avons assez maintenant des vaines promesses. Nous n'y croyons plus.

Nous ne croyons plus à vos promesses, pas plus qu'à celles des groupes autonomistes manipulés par votre argent et votre police. Voilà les raisons de notre acte.

Nous voulons la reconnaissance de l'identité corse et l'indépendance de

Le préfet de police s'éponge le front. Il n'est pas assez familier avec la langue corse pour que la traduction ne lui demande pas un effort. Il sent en outre le regard de Charles Pasqua peser sur lui, ce qui accentue sa gêne. Comme si les attentats contre les ministres ne lui suffisaient pas, le voilà avec un rapt sur les bras. Qui plus est, l'enlèvement du frère du ministre de la Défense, lui-même grand maître de la principale rivale de la police et du ministère de l'Intérieur : la gendarmerie nationale. Il y a effectivement de quoi transpirer. D'autant que deux heures après le coup de fil irlandais de François Léotard, le ministre lui avait demandé une enquête sur l'éventuelle disparition du comédien. Il avait mobilisé ses services, mais sans résultat. Ses hommes ont fouillé, non sans avoir accueilli la nouvelle par de gras commentaires.

Philippe Massoni est d'autant plus en porte-à-faux qu'en principe les groupes corses ne sont pas de son ressort. Ils relèvent ou, territorialement, de ses collègues du Midi, ou des structures spéciales mises en place pour réprimer le terrorisme. Pourquoi le ministre l'associe-t-il seul à cette affaire ? Autant s'en remettre à son directeur de cabinet Joël Thoraval, qui fut de surcroît préfet de la région Corse.

— Puis-je savoir, monsieur le Ministre, d'où venait cette lettre ?

---

notre île dans le cadre de l'Union européenne.

Monsieur le Ministre, nous sommes compatriotes. Ne laissez pas cette affaire tourner mal. De votre réponse, de votre choix, dépendra la vie de notre otage. C'est à vous d'y penser. Nous vous contacterons dans la semaine.

Vive la Corse indépendante !

— Rassurez-vous, Massoni, je n'ai pas été détective privé pour rien. J'ai conservé l'enveloppe. Elle a été postée à Paris, rue du Louvre. J'ai l'impression que ce Léotard n'a pas quitté la capitale, c'est pourquoi je vous en parle. Reste à savoir ce qui est vrai dans cette histoire.

— Vous souhaitez qu'on agite ces milieux ? Nous avons une relativement bonne connaissance des milieux autonomistes, surtout à Paris. Il suffit de mobiliser Bicci.

Tout le cabinet a donné ce surnom à Pierre-Étienne Bisch, sous-préfet en charge des missions délicates.

Charles Pasqua a conservé l'habitude, prise à la tribune du Sénat, d'inventer des proverbes au gré des besoins.

— Du calme, Massoni, du calme. « Le sage ne tire pas la queue du tigre, surtout quand il dort », comme dit le proverbe chinois.

Mardi 27 décembre

Boulogne-Billancourt, quai du Point-du-Jour, 10 h 15

Fanny Schwarzcfeld est embarrassée. Assistante du présentateur du 20 heures de TF1 depuis si longtemps, la voilà ce matin sans patron : il est en Bretagne. Elle tourne entre ses mains une cassette bien encombrante accompagnée d'une lettre. Sur l'enveloppe, des mentions péremptoires l'intriguent : « Urgent. À remettre en main propre. À n'ouvrir que par l'intéressé. »

La bande vidéo a été remise aux hôtesses de la chaîne par un étrange coursier. Dans le gigantesque hall d'accueil en marbre, la douce Anne-Sophie, aux allures de jeune fille de bonne famille, avait eu beau insister : le motard n'avait pas voulu montrer sa carte d'identité, comme il est de règle pour tout visiteur inconnu avant de monter dans les étages.

— Mais ce n'est qu'une simple formalité, répétait l'hôtesse, je vous colle ce petit badge en tissu et vous pourrez monter voir votre visiteur, si Fanny ou Marie-Hélène me donne le feu vert.

— Je croyais cette maison plus efficace que d'autres, mademoiselle. Ce paquet est important et je n'ai pas de carte d'identité.

— Alors, laissez-le-moi, je vous promets de le faire parvenir dans les cinq minutes à son destinataire.

— J'ai besoin de votre parole, mademoiselle. Il peut nous en coûter à tous les deux.

L'inconnu avait fixé Anne-Sophie dans les yeux, derrière ses petites lunettes rondes. Il était reparti, casqué, comme à son arrivée, non sans avoir jeté un regard noir sur le vigile dont la présence l'empêchait de passer outre aux injonctions de la jeune donzelle.

Sans plus tarder, Anne-Sophie avait appelé Fanny, qui était descendue récupérer l'impérieux paquet.

Si l'assistante ne se sent pas le droit d'ouvrir la lettre, elle peut en revanche regarder la cassette vidéo. Pas de décompte classique, comme dans les formats professionnels : 5-4-3-2-1... Ici, un long temps mort grisâtre, quelques borborygmes en voix *off*, puis soudain une caméra incertaine qui se fixe sur le visage fatigué de Philippe Léotard et s'en va ensuite zoomer sur le titre du journal qu'il tient entre ses mains : *Corse-Matin*, pour s'achever sur la date : lundi 26 décembre 1994.

Fanny Schwarzcfeld laisse en plan la sulfureuse VHS et s'en va chercher dans le bureau voisin Dominique Bromberger qui, en cette période de vacances, assure comme à l'accoutumée l'intérim des journaux du soir. Tous deux remettent en route le magnétoscope et visionnent dans son intégralité l'étrange livraison. Cela ne dure pas longtemps : deux minutes à peine. La bande est muette. Philippe Léotard est cadré en plan américain devant un mur de pierres sèches. Impossible de dire s'il se tient debout ou assis, seuls des spécialistes du montage plan par plan parviendront peut-être à le déterminer.

Le journaliste, conscient de la qualité de la truffe ainsi déterrée, ouvre l'enveloppe qui accompagnait la cassette, empoche le document, remet en place son nœud papillon et s'en va, toujours dans le même bureau paysager, vers l' « alvéole » où se tient Robert Namias, directeur de la rédaction, responsable des deux cent vingt journalistes de TF1 pendant les vacances de Gérard Carreyrou.

Le constat est rapide : il y a là matière à événement. D'autant qu'est joint à la cassette un message rédigé avec des mots découpés dans des journaux et collés sur une feuille qui, elle-même, a été ensuite photocopiée. Le texte est proche de celui qui a été directement transmis à Charles Pasqua, mais il est rédigé en français. Il réclame, lui aussi, la reconnaissance de l'identité corse et l'indépendance de l'île dans le cadre de l'Union européenne.

Dans cinq minutes doit commencer la première conférence du 20 heures. Les deux journalistes décident de ne souffler mot de cette affaire devant leurs confrères. Il convient d'abord de procéder à divers recoupements pour s'assurer de l'authenticité du document.

Blois, hôtel de ville, 10 h 30

Monique peste : où donc a encore disparu son grand homme ? La secrétaire ne sait rien. Comme d'habitude. L'huissier croit qu'il est parti visiter le chantier, c'est du moins l'indication qu'il aurait donnée au chauffeur. Le chantier ? Mais quel chantier ? Depuis que Jack Lang a ravi Blois à Pierre Sudreau, ils ont tendance à se multiplier. M. le maire est-il allé admirer, une fois de plus, le troisième pont en construction sur la Loire ou bien s'interroge-t-il, au château, sur la restauration — dont il rêve — de la salle des États ?

Elle doit pourtant le joindre rapidement, car le téléphone n'arrête pas de sonner. Il s'agit d'un dossier d'importance : une pétition à lancer. Monique s'impatiente. Elle a conscience de la fonction sociale de son époux. Il ne faudrait surtout pas laisser l'initiative à des rivaux, un Bernard Kouchner, un Marek Halter ou un B.-H.L. par exemple. Lorsque les libertés fondamentales sont en cause, Jack ne peut être qu'en première ligne. Or, il ne s'agit pas cette fois-ci de Somaliens ou de Bosniaques, de quelques SDF ou d'une poignée d'immigrés clandestins, c'est la tribu elle-même qui est en cause. Ce sont ses tanières et son mode de vie qui se trouvent menacés, violés, même. Pasqua et ses séides osent s'attaquer aux bastions de l'intelligentsia, à ses havres de détente, au secret de ses ébats privés. La pogne policière s'est abattue sur les discrètes maisons où la gent de plume et de micro aime se fixer des rendez-vous, elle fouille les palaces qui lui garantissent une forme d'anonymat, elle s'immisce dans des intimités qui devraient demeurer inviolables. On vient même de débusquer Françoise Giroud au luxueux Trianon Palace ! Tout cela parce qu'un acteur s'offrirait une aventure extra-conjugale, l'absence inexpliquée du comédien n'étant plus un secret pour les initiés ? Chercher Philoutard est une chose, fourrer son groin dans la literie intellectualo-médiatique en est une autre. Au demeurant, l'acteur a-t-il vraiment besoin d'aide ? Le pouvoir ne bafoue-t-il pas sa liberté d'escapade, son droit à l'évasion, au prétexte que les frasques de l'aîné pourraient gêner son cadet de ministre ?

Monique en est intimement convaincue : voici un vrai débat de société, un combat porteur qui, bien géré par Jack, peut leur assurer plusieurs 20 heures dans les jours qui viennent et aider à « présidentialiser » davantage le maire de Blois. Le moment est bien venu : Rocard s'essouffle depuis les cantonales, Tapie menace à l'horizon. Un coup de reins de son mari tant aimé est indispensable. Mais où diable est-il passé ? Le temps presse. Le journaliste de *Libération* qui a tiré le signal d'alarme en révélant la dernière exaction policière lui a faxé en même temps un projet de pétition. Jack n'aura qu'à remanier le texte pour lui donner un ton plus personnel et, dès que le toilettage sera achevé, elle saisira son fichier pour contacter les pétitionnaires habituels et autres signataires abonnés. Il est trop tard pour confier l'exclusivité du texte et de la liste des combattants mobilisés au *Nouvel Observateur*. L'hebdomadaire est bouclé, et l'actualité interdit d'attendre une semaine. Pour une fois, il n'y aura pas de drame avec Jean Daniel à laisser la primeur à *Libération.* D'autant qu'à vrai dire, l'initiative vient d'un membre de leur équipe.

Une chance, qu'il ait assisté à la dernière transgression des hommes de Pasqua. Comment ont-ils osé ? Ils se sont présentés avenue d'Iéna, au Press Club de France. Non contents de visiter les locaux, ils ont emmené l'hôtesse d'accueil, une ancienne speakerine de la télévision, pour lui faire raconter les discrètes habitudes des uns et des autres. Comme si Jean Drucker, le P-DG de M6, ou Jean Bothorel, l'un des éditorialistes du *Figaro,* n'avaient pas le droit de fixer des rendez-vous en ces lieux à la fois professionnels et discrets. Les quelques heures passées au Quai des Orfèvres ont traumatisé la malheureuse, qui a fondu en larmes en se confiant au quotidien de Serge July. À en croire son récit, les hommes de Pasqua ne seraient pas loin d'assimiler le Press Club à quelque résurgence du One Two Two et prévoiraient de fermer la maison. De quoi étendre sur le carreau le très digne président de cette institution journalistique, Emmanuel de La Taille. Producteur à TV5 du « Club de l'enjeu international » et ardent promoteur du commerce extérieur, il aime accueillir les clients du restaurant de l'avenue d'Iéna. En bon maître de maison, il passe de table en table pour s'enquérir de la satisfaction de ses hôtes, prendre des nouvelles et en répandre aussi, éventuellement. Chercher Philippe Léotard en ces lieux prouvait à quel point la police était désorientée. Pourquoi, tant qu'elle y était, ne pas vouloir surprendre Michael Jackson à la Closerie des Lilas ou Jean-Marie Le Pen Chez Edgard ?

Ce pas de clerc, Jack Lang n'aurait osé l'espérer. Les policiers multiplient les descentes dans les bars, boîtes ou hôtels où le comédien pourrait avoir trouvé refuge au fil d'une quelconque dérive. Ils ont commencé par ses adresses habituelles puis, de proche en proche, ils ont élargi le champ de leurs investigations. Sans rapport avec leur enquête initiale, ils en ont même profité pour faire irruption dans un vaste mais discret appartement d'une des tours du quartier Italie. Outre de nombreuses professionnelles en tenues plus que légères, ils ont été amenés à contrôler deux sénateurs, trois députés et cinq anciens ministres de tous horizons, sans parler de leurs trois collègues des Voyages officiels et de la Protection des personnalités qui n'étaient pas en service ! Trop c'était trop ! Le landerneau politique en était tout retourné mais ne pouvait protester sans admettre l'existence de la discrète structure. Puisque les pandores avaient osé mener le même type d'enquête dans les coulisses de la presse, la contre-attaque pouvait enfin être déclenchée, au nom de la liberté... de l'information.

Mis au courant des derniers événements, Jack Lang se lèche les babines, faute de pouvoir se frotter les mains. Il a déjà empoigné son stylo pour stigmatiser ces honteux agissements et inviter le pays à se dresser contre l'insidieuse dictature mise en place par l'équipe au pouvoir. Après l'éviction d'André Rousselet de la présidence de Canal +, la nomination d'un proche d'Alain Carignon à la tête de France 3 Grenoble, le gouvernement avait osé s'en prendre au Press Club de France. « Nous venons de franchir, écrit avec passion l'ancien ministre de la Culture, la frontière qui sépare la lumière de la nuit. J'en appelle à tous les Français épris de liberté, à tous les esprits avides de recherche, à toutes les âmes aspirant à la plénitude : oui, il faut que les corps exultent... »

Monique, penchée par-dessus l'épaule de son époux, pose une main sur le bras vengeur.

— Qu'est-ce que les corps viennent faire dans l'histoire ?

Gêné, Jack Lang raye prestement le dernier membre de phrase.

— C'était une image.

Jack, songeur, regarde le texte posé devant lui puis ferme les yeux. Un sourire se dessine sur ses lèvres tandis que sa tête dodeline. 1995 sera un très grand cru... Au printemps, Jacques Delors lui a juré qu'il n'avait aucune envie d'entrer dans la course. Alors...

Boulogne-Billancourt, quai du Point-du-Jour, 10 h 45

La salle de conférences Ivan-Skopan porte le nom du cameraman de TF 1 mortellement blessé à Moscou devant Ostankino, la télévision russe, lors des événements tragiques de l'automne 1993. Une trentaine de responsables de la chaîne sont réunis autour du présentateur et de sa rédactrice en chef, Geneviève Galey. Troublé par ce qu'il vient d'entendre, Dominique Bromberger écoute d'une oreille distraite les propositions du département enquêtes et reportages, du service politique, de l'économie, de la politique étrangère et d'Anne-Sophie de Kristoffy, gracile patineuse qui se tient aussi droite dans le journalisme sportif que sur la glace. Geneviève Galey tranche, suggère quelques pistes originales. La conférence s'achève assez vite.

Chaque chef de service est chargé de retransmettre la bonne parole, d'envoyer ses propres reporters sur le terrain ou d'arrêter des tournages en cours que n'absorberont ni le 13 heures ni le 20 heures. Il en profite pour vérifier le lait sur le feu pour le journal de la mi-journée, qui se rapproche inéluctablement. Ces responsables des relations avec la province activent leurs douze correspondants ou les joignent dans leurs voitures pour les dérouter de leurs objectifs initiaux. Régis Faucon et Cyril Sauvenière font de même pour leurs journalistes basés à l'étranger, trouvant à chaque fois la phrase qui permettra à Ulysse Gosset de leur pardonner d'avoir appelé à cinq heures du matin — heure de Washington — ou qui expliquera à Loïck Berrou pourquoi son sujet sur Mostar n'a pu passer la veille. Pendant ce temps, Elfriede Bell essaie de vendre à chacun les offres des EVN, bourse internationale d'images dans laquelle chaque télévision du monde entier propose à ses consœurs ses meilleurs choix. Sylvie Hay fait de même pour les IVA, sélection des moments forts des vingt-deux provinces françaises.

Il faudra ensuite vérifier chaque montage en cours dans les différentes salles prévues à cet effet, mixer les sujets et choisir, en visionnage, leur programmation finale. Très souvent, les décisions ne se prennent qu'à quelques minutes du journal, parfois même pendant son déroulement. Chacun est aux aguets, traquant la moindre faute qui donnerait lieu, si elle n'était débusquée à temps, à un flot d'interprétations de la part des téléspectateurs ou d'excellents confrères toujours à l'affût de ce qui peut faire trébucher la chaîne leader. Sitôt visionnée et visée par le rédacteur en chef, la cassette est marquée d'un code-barre et portée précipitamment au chef d'édition, en régie pendant toute la durée du journal. Le moindre retard serait fatal et obligerait le présentateur à inverser à l'antenne l'ordre de ses choix initiaux. Parfois, quelques secondes suffisent pour provoquer une catastrophe ou rattraper une situation périlleuse. Le chef d'édition s'adresse à son confrère en plateau, par le biais d'un micro-écouteur dissimulé dans l'oreille du présentateur, pour le conduire à ralentir son débit ou à improviser en attendant que soit enfin calé le document espéré comme le Messie.

Serra-di-Scopamène, 11 heures

Philoutard a mal dormi. Sa couche rustique manque de confort. Imaginer l'angoisse d'Emmanuelle le ronge. Il pourrait, le concernant, accepter cette aventure en souriant, mais il ne pardonne pas à ses ravisseurs de faire souffrir les êtres qu'il aime. Il y a belle lurette qu'il a épuisé ses dernières cigarettes et ses geôliers ont été incapables de le ravitailler en Celtiques. Depuis la disparition du général de Gaulle et celle de François Truffaut, cette marque n'a plus guère d'*aficionados.* Le tabac blond qui lui a été fourni est trop léger pour sa gorge. Il a l'impression de fumer de l'herbe.

Les relations avec les hommes qui le retiennent prisonnier sont limitées à leur plus simple expression. Hier, si on excepte un café à l'aube et de la nourriture deux fois par jour, il n'a reçu leur visite qu'à une seule occasion : en fin de matinée. À l'aide d'un caméscope, ils l'ont filmé après lui avoir placé un quotidien entre les mains. Puis ils ont pris quelques clichés. Le flash l'a ébloui.

— C'est pour un casting ? a ironisé le comédien sans obtenir la moindre réponse.

— Qui ne dit mot, ment et en passera un mauvais.

Son jeu de mots n'avait pas eu plus d'écho. Philippe Léotard ne supporte pas ce mutisme. Une remontée d'enfance sans doute. Son père ne lui parlait pas plus qu'à ses deux frères, François et Dominique, et à ses quatre sœurs. Il leur avait simplement dit que son propre père était mort en tombant d'un échafaudage sans jamais lui avoir parlé.

Le quotidien a été, par chance, abandonné et Philoutard l'a lu de la première à la dernière ligne, petites annonces incluses. En cette période la pagination est plutôt squelettique. L'exercice a été pénible car la vue de Philippe Léotard est affaiblie depuis sa polynévrite du nerf optique. C'est pourquoi, d'ordinaire, il ne lit plus les journaux. Il a réclamé une loupe : sans succès.

Ce matin, lors du café, il a demandé du papier. Il souhaite écrire, ne serait-ce que pour respecter la devise qu'il s'est ironiquement fixée depuis des années : pas un jour sans une ligne. Les heures ont passé, sans réponse. Il pensait que cette nouvelle bouteille à la mer s'était elle aussi perdue. À sa joyeuse surprise, un bloc et un stylo viennent de lui être apportés. L'homme qui les lui tend porte un bonnet traditionnel en peau de chat comme les bergers n'en possèdent plus depuis longtemps. Avec ses petites lunettes cerclées, il a une vague allure d'intellectuel. Philoutard s'empare du papier et, sans remercier, interpelle son visiteur :

— Si vous vouliez me tuer, il fallait le faire dans la rue. Maintenant, même pour vous, cela va être difficile. Moi, je ne vous en voudrais pas. Non que j'aie envie de mourir, mais c'est une aventure comme une autre. Seulement je vous en voudrais de faire pleurer ceux qui m'aiment. Tu sais ce que disait Dostoïevski : « L'univers ne mérite pas d'exister s'il doit coûter une larme à un enfant. » Vous avez le droit de me tuer, mais pas celui de faire pleurer Faustine.

L'homme au bonnet avait déjà fait demi-tour. Il s'arrête, pivote à nouveau pour dévisager sans un mot Philippe Léotard. Puis, sans paraître avoir entendu les propos de l'acteur, comme s'il découvrait soudain sa présence, il le salue.

— *Salùtu o priggiuné, chi pensi di u tó stanzinu ?*

— *Ah siti vói i scémi che m'avete incarcerátu ? E veru che aghiu rinviàtu quellu miseru venditóre di dróga... ma l'àffare è sprupusitàta, no ?*

— *Chí vole di, que ? Unn ci sbagliemu ! Nói, cun stà rubàccia unn avèmu nùlla a fà. Nói, simu pa e lutte pulitichè, simu Corsi, veri Corsi et micca impinzutiti como vói. Nói, luttemu pa u paesu, pa a terra, a nostra terra.*

— *Maghiu da fà insultà ? Ma siti propri pàzzi. Allorà vói siti indipendentisti, i Corsi puri, duri. In quant a mé, un só micca un veru Corsu, só un cuntinentale ? Va bé. Allora unn aghiu più ragióne di parlà a lingua corsa cun vói. Unn parlaraghiu più che u francesu*[1].

Assis sur sa paillasse, Philippe Léotard jauge l'homme adossé contre la porte. Il se sent las, vidé, incapable d'engager une épreuve de force, de se battre. Tout ceci lui semble ridicule, vain. Si un metteur en scène lui avait proposé un scénario aussi pitoyable, il l'aurait injurié. Puisque ces gens ne jouent pas avec la drogue mais avec la politique, c'est donc son frère qui, bien au-delà de lui, est visé. Ministre de la Défense, il est le patron de la gendarmerie, donc une cible privilégiée.

Soucieux tout à la fois de nouer un contact et de détendre l'atmosphère, Philippe Léotard décide de continuer sur le registre humoristique qui lui est habituel, même si jusqu'à présent il a fait chou blanc.

— Si vous m'avez mis en cage dans l'espoir de faire bouger mon frère, vous êtes encore plus cons que je ne l'imaginais. À croire que vous ne l'avez jamais vu. Mon frère fait du jogging. Ce n'est donc pas de sa tête

1. — Salut, prisonnier. Que penses-tu de ta cellule ?

— Ah, c'est vous les cinglés qui m'avez incarcéré ? C'est vrai que j'ai renvoyé ce minable vendeur de drogue... mais l'affaire est disproportionnée, non ?

— Qu'est-ce que ça veut dire ? Ne confondons pas ! Nous n'avons rien à faire, nous, avec cette saleté. Nous, nous sommes pour les combats politiques. Nous sommes des Corses, des vrais, pas des Corses francisés comme vous. Nous, nous luttons pour le pays, pour la terre, notre terre.

— Je vais me laisser insulter ? Mais vous êtes fous à lier. Alors vous êtes des indépendantistes, des Corses purs et durs. Et moi, je ne suis pas un vrai Corse ? Je suis un continental. C'est bon. Alors je n'ai plus aucune raison de parler en corse avec vous. Je ne parlerai plus que français.

qu'il se sert. Vous n'avez pas souvenir de cette caricature qui le représentait sur un lit d'hôpital le pied bandé ? La légende précisait qu'il avait dû se blesser en pensant ! Interrogez un peu notre autre frère, Dominique, il vous dira que c'est une mule corse.

Le Corse continue de dévisager en silence son prisonnier. S'il est resté dans la pièce, c'est qu'il en a le pouvoir. Les autres n'étaient jusqu'à présent que des ombres éphémères soigneusement cagoulées. Lui s'est présenté à visage découvert, comme s'il n'avait rien à redouter.

Est-ce de bon ou mauvais augure ? Philippe Léotard sait qu'il doit impérativement trouver la brèche.

— Vous connaissez ma réputation, j'imagine. Alors pourquoi me laissez-vous à l'eau depuis trois jours ? Vous auriez pu choisir un mode d'exécution moins cruel, plus rapide. Pour autant qu'il m'en souvienne, le pays ne manque pas de bons petits vins. Je suis prêt à augmenter le prix de la pension si vous améliorez l'ordinaire.

Philippe Léotard ponctue le propos de son sourire le plus charmeur. Comme par miracle, une ébauche de réponse s'esquisse sur les lèvres de son vis-à-vis.

— *Vino di u Sartinesu ?*

Philippe Léotard arrondit sa grimace de clown en hochant la tête. L'homme sort pour revenir presque immédiatement avec une bouteille et deux verres qu'il pose aux pieds du prisonnier. Philoutard s'empare de la bouteille avec une vivacité inattendue, la déchiffre, la hume et se verse un fond de verre qu'il porte à ses lèvres avec un mélange de respect et de gourmandise, comme un premier baiser échangé. Satisfait par ce test, le comédien emplit les deux verres et trinque. Le Corse se décide à boire à son tour, en silence. Philippe Léotard attend qu'il ait terminé pour remplir une nouvelle fois les verres. Son geôlier ne peut retenir un franc sourire. L'acteur vide d'un trait les quelques gorgées de vin de Sartène. Rassasié, le regard malicieux disparaissant derrière les replis des paupières, il lève la bouteille d'un geste triomphant :

— Attention, je suis un ivrogne, pas un alcoolique. Je bois gai. Et si je pense triste, personne ne s'en aperçoit. Il n'y a que mon frère pour mener carrière sur le mode tragique. Ça le regarde.

L'homme aux petites lunettes cerclées et au bonnet en peau de chat semble hésiter. Puis, avec un soupir, il se lance :

— J'ai été surpris que vous me répondiez en corse tout à l'heure. Je ne vous en aurais pas cru capable.

— Je suis ravi de voir que vous parlez français.

— Le vin vous plaît vraiment ?

— Franchement, oui. Vous savez, dans le temps, j'avais des habitudes beaucoup plus rudes. Je commençais la journée par trois cognacs agrémentés de quelques gouttes de menthe. La vodka ne venait qu'après. Dans ma période la plus faste — si j'ose dire —, j'en consommais chaque jour jusqu'à trois bouteilles. Vous comprendrez que nos libations me paraissent bien anodines.

Le Corse dévisage Philoutard avec attention, comme s'il cherchait à percer un mystère, à évaluer un risque. Le comédien n'est pas dupe et sait qu'il lui faut encore donner des gages :

— Si j'en crois tous les mauvais scénarii de polars que j'ai pu lire, lorsqu'un ravisseur révèle ses traits, son prisonnier a du souci à se faire : il est condamné. Je dois être inconscient, mais ce n'est pas ainsi que je perçois ma situation. Ai-je tort ?

Le Corse s'ébroue comme pour chasser une ultime hésitation.

— À vrai dire, vous êtes entre nos mains par hasard. Mes hommes vous ont entendu chanter la complainte du berger, en corse, l'autre jour. C'est ce qui m'a mis en confiance. Voilà pourquoi je suis venu vous voir à visage découvert. Entre Corses, nous pouvons nous comprendre et nous ne nous trahirons pas. Nous collaborons, sur le continent, avec d'autres minorités culturelles, les Basques, bien sûr et, à nouveau, les Bretons, à travers la crise de la pêche. Tous, nous avons en commun de vouloir faire reconnaître notre identité, notre personnalité. Nous avons décidé d'agir à l'échelle de l'Union européenne. Il n'y a que là que nous pouvons espérer un relais, que nous pouvons faire vibrer les sensibilités fédéralistes des Européens du Nord. Dans cette optique, nous avons décidé de ridiculiser l'État français. Nous voulons jouer les Cartouche, pas les tueurs. Nous multiplions les provocations, pas les cadavres.

— En quoi ma détention ridiculise-t-elle l'État français ?

— Ce n'était pas vous que nous visions. Des amis basques avaient monté une embuscade contre votre frère. Mais comme il n'est pas venu à La Cigale, ils se sont rabattus sur vous. Parce qu'ils vous aiment bien.

— Merci du compliment.

— Et comme ils ne savaient pas comment exploiter leur prise et que nous devions déjà cacher leur otage, ils vous ont abandonné à nous : les Corses.

— Et alors ?

— Nous en avons profité pour multiplier les provocations contre les ministres de ce gouvernement jacobin. Avec nos camarades basques et bretons, nous nous sommes réparti la tâche. Et nous allons vous échanger contre une déclaration solennelle des Douze reconnaissant, comme en Catalogne, nos identités culturelles.

Philippe Léotard éclate de rire. Il ne parvient plus à retrouver son souffle et roule sur sa paillasse, secoué de hoquets. Quand, enfin, il retrouve la parole, c'est en pleurant qu'il s'explique :

— Vous pensez sans doute que le gouvernement se préoccupe de moi parce que mon frère est ministre ? Si vraiment vous le croyez, c'est que vous n'avez rien compris aux liens entre François et moi. Croyez-moi, il est plus difficile d'exercer mon métier que le sien. N'importe qui peut devenir président des États-Unis, même un acteur médiocre. Regardez Reagan. Mais Giscard d'Estaing dans *Macbeth*...

Le regard d'incompréhension du Corse arrache un haussement d'épaules à Philippe Léotard. Le tutoyant soudain, il juge nécessaire de préciser :

— Ouais ! *Macbeth*, ça ne te dit rien. Eh bien, *Santa Barbara*, si tu préfères. Sache que moi je saurais tenir le rôle d'un ministre et que le rôle suffit. C'est tout ce qu'on leur demande, à nos hommes politiques : jouer la comédie. François n'est pas né à Cannes par hasard ! Moi, je suis un anarchiste. Si vous croyez que mon frère est à votre botte sous prétexte que vous disposez de moi, vous vous êtes fourré le doigt dans l'œil. Et jusqu'au coude. Avec François, nous n'avons jamais vraiment communiqué. Ce n'était pas le genre de la maison. Mon père était plutôt du genre fermé. La seule chose qu'il m'ait dite à sa mort, c'est : « Sois Stendhal ou rien. » Vous parlez d'un héritage ! Si, par hypothèse, vous aviez décidé de me faire disparaître, je n'aurais même pas eu le temps de dire à François : « Je t'aime. »

« Il faut comprendre : il a toujours été jaloux. Jaloux de mon statut d'aîné. Que voulez-vous, avec un père royaliste qui m'appelait son dauphin, ça peut s'expliquer. D'autant qu'aujourd'hui encore, bien que nous soyons célèbres tous les deux, c'est lui que les gens saluent mais c'est moi qu'ils embrassent. Votre calcul ne tient pas.

Boulogne-Billancourt, quai du Point-du-Jour, 11 h 20

Robert Namias fulmine. Les petits mots que lui tend sa secrétaire, Sadika, vont tous dans le même sens : aucun interlocuteur au ministère de l'Intérieur...

— Toujours là quand ils ont besoin de nous. Jamais quand on a besoin d'eux, tempête-t-il.

Il agite tous les grelots possibles, parvient à joindre Charles Villeneuve en vacances. Mieux que d'autres, Villeneuve connaît cet entrelacs qui fait le charme de ce qu'il appelle la Grande Maison. Toujours prolixe dès qu'il s'agit de diffuser de faux secrets d'État, mais très sibyllin quand on touche au cœur du réacteur, il rappelle son ancien complice du « Droit de savoir » et lui donne un numéro de téléphone confidentiel :

— C'est celui de Tomasini, le fils de l'ancien ministre ; il est chef de cabinet de Pasqua, toujours de bon conseil. Il t'attend au bout du fil entre onze heures quarante et onze heures cinquante-cinq.

Avec Villeneuve, c'est toujours pareil, on a l'impression de se préparer à sauter sur Kolwezi. Il ne vous parle que de fenêtres de tir et d'agents très spéciaux...

En l'occurrence, son aide aura été déterminante. Le contact avec Tomasini est précieux.

— Je sors du bureau du ministre, dit-il à Namias. Il sait ce dont vous voulez me parler. Nous avons déjà le numéro d'immatriculation du motard qui vous a déposé la cassette. Le message, nous le connaissons, nous avons reçu le même hier. Le ministre d'État vous demande instamment de ne rien diffuser dans votre journal de 13 heures. L'affaire est grave. Elle est susceptible de mettre en péril la vie de l'otage. Nous sommes en train de procéder à d'ultimes vérifications. Je vous promets de vous rappeler vers quinze-seize heures.

Robert Namias se méfie. « Ne rien faire qui puisse mettre en péril la vie de l'otage. » La phrase ne sonne pas neuf. En trente ans de carrière, il en a vu, des censures déguisées, des raisons d'État camouflées et, au bout du compte, des morales bafouées... Il pousse son avantage.

— Souvenez-vous de notre comportement pendant l'affaire des otages de Neuilly. Jean-Pierre About, qui venait de rencontrer H.B., a accepté de ne rien dire à l'antenne qui puisse le faire sortir de ses gonds. Nous avons été loyaux et vous n'avez pas eu à vous en plaindre. J'accepte de ne rien diffuser à treize heures. Mais je serai obligé de le faire à vingt heures. Au-delà, nous retomberions dans les travers que nous avons si souvent dénoncés lors de l'hégémonie de la télévision d'État.

— Monsieur Namias, je vous remercie de votre coopération et je m'engage à vous rappeler cet après-midi mais je ne peux rien promettre de plus. À vous de savoir si vous pouvez jouer avec la vie d'un homme.

Avant de raccrocher, Robert Namias ne peut s'empêcher de demander :

— Mais dites-moi, cette cassette, personne d'autre ne l'a reçue ?

— À notre connaissance, personne.

Le directeur de la rédaction de TF1 est très provisoirement soulagé. Il jouera le jeu mais n'aimerait pas être grillé par la concurrence.

La première phase de l'opération est achevée. L'identification du document est assurée. Il y a bien peu de risques que le chef de cabinet du ministre de l'Intérieur l'ait « baladé ». Il examine toutefois les hypothèses possibles et se décide, *in fine*, à vérifier auprès du cabinet de François Léotard. Deux précautions valent mieux qu'une. Christiane Delahaye forme pour lui le numéro du ministère et lui passe la communication.

C'est le moment qu'il choisit pour raccrocher. Il a

peur d'une faute de tact. Et si Léo ne savait rien du sort de son frère ? Robert Namias préfère jouer une autre carte, plus diplomatique. Il connaît les liens d'amitié qui depuis longtemps unissent Claire Chazal à Gérard Lavergne, le chef du service de presse du ministre de la Défense. Il appelle Claire chez elle, lui expose la situation et lui demande de le tenir très vite au courant. En quelques secondes, la présentatrice du week-end a joint le collaborateur de François Léotard, toujours enclin à une blague pour masquer son sens de la dérision et du tragique. Il n'en aura cette fois pas le temps : « Qu'est-ce que tu me racontes ? Je suis sûr que François n'est pas informé. Cela dit, avec lui, on ne sait jamais, il est si secret. Ne bouge pas, je cours chez Renaud. »

Paris, rue Saint-Dominique, 12 h 05

Au ministère, Gérard Lavergne s'est précipité chez Renaud Donnedieu de Vabres, principal collaborateur de François Léotard qu'il sert avec dévouement depuis plus de dix ans. Il est passé devant l'ancien bureau du général Morillon, devenu patron de la Force d'action rapide et avec qui il aimait bien tailler une bavette.

Son ami Renaud tombe des nues. « Mais c'est écœurant, personne ne nous avait prévenus à l'Intérieur. » Il bondit dans le bureau de François Léotard, en grande conversation avec le général Rannou, chef du cabinet militaire depuis le passage en ces murs de Pierre Joxe. Jean Rannou comprend l'urgence et s'éclipse discrètement. François Léotard est blanc. Il demande sur-le-champ à sa secrétaire, Nicole Renon, d'appeler Charles Pasqua.

Renaud Donnedieu de Vabres quitte le bureau ministériel sur ses béquilles, vieilles séquelles d'une cheville qui n'arrive pas à se recalcifier. Gérard Lavergne prend le relais pour terminer sa conversation téléphonique avec Claire Chazal qui attend toujours. Il lui raconte la surprise de son patron. Et sa rage froide. À tout hasard, elle tente une dernière sortie confraternelle, n'étant pas de service ce soir-là :

— Tu crois qu'il viendrait dans le 20 heures ?

— Alors ça, ça m'étonnerait beaucoup... Depuis sa dernière apparition télévisée avec Philippe et leur mère Antoinette dans « À la folie pas du tout » un dimanche de 87, son frère c'est un sujet tabou. Il n'a aucune envie de nous rechanter l'*Ajaccienne* ou de faire du sentiment sur le petit écran. Il faut d'abord qu'il termine son explication de gravure avec Pasqua.

Claire Chazal rappelle Robert Namias pour faire le point. À la même heure, le ministre d'État numéro trois parle déjà au ministre d'État numéro deux. Ils conversent en français...

Paris, boulevard Saint-Germain, 13 heures

La voiture du ministre de l'Intérieur n'a pas emprunté la rue Saint-Dominique. Elle s'est arrêtée boulevard Saint-Germain, face à l'entrée principale des bureaux du ministère de la Défense. À côté des gendarmes en faction, le chef de cabinet de François

Léotard, Patrice Moll, attendait Charles Pasqua. À travers le dédale des cours du ministère, il va piloter le visiteur jusqu'à l'hôtel particulier de son ministre. Les équipes de journalistes en planque permanente rue Saint-Dominique en seront pour leurs frais. Et le visiteur pourra, en toute quiétude, s'attarder sur les boiseries d'un ministère qu'il avait convoité lors du retour de la droite au pouvoir, avant de se rabattre une nouvelle fois sur la place Beauvau.

Si Charles Pasqua a tenu à rendre visite au ministre de la Défense c'est d'abord pour témoigner sa sollicitude au frère du disparu. C'est aussi parce que le coup de téléphone ombrageux que vient de lui adresser son collègue l'a convaincu de la nécessité d'un geste d'apaisement urgent. Le ministre de l'Intérieur s'estime certes responsable, mais pas coupable. La veille, il a fait passer au préfet Lépine, le directeur de cabinet de François Léotard, une copie du message adressé par d'éventuels ravisseurs en lui recommandant un secret absolu. Avec la cassette adressée à TF 1 et peut-être à d'autres rédactions, de telles consignes n'ont plus de sens et il va falloir aux deux ministres gérer avec soin leur communication. Annulant tous ses rendez-vous, Charles Pasqua a décidé de venir déjeuner pour la première fois chez Léo en tête à tête.

Dans l'antichambre, Charles Pasqua est accueilli par Renaud Donnedieu de Vabres. Issu du corps préfectoral avant d'être placé à la disposition du Conseil d'État, il est naturel qu'il vienne saluer le ministre en charge de son corps d'origine. Le chargé de mission tient surtout à prévenir le visiteur qu'il attend d'une minute à l'autre une copie de la cassette de Philippe Léotard que ses amis de TF 1 ont accepté d'effectuer au nom des liens familiaux entre la victime et le ministre de la Défense, mais en échange de la promesse solennelle et réitérée que le secret sera conservé jusqu'à vingt heures.

— Souhaiteriez-vous voir le document pendant le déjeuner ? demande Donnedieu.

Charles Pasqua hésite. Les mains croisées dans le dos, la tête en avant, il arpente de long en large le vestibule ministériel. Il s'arrête un moment devant la baie vitrée et regarde le parc, le bassin où quelques canards ont depuis belle lurette brisé la mince pellicule de glace. Chacun d'eux porte le nom d'un des prédécesseurs de François Léotard dans la fonction.

— Pour ma part, ce n'est pas nécessaire. Visionnez-la et, sauf si elle contenait un élément déterminant, je crois qu'il vaut mieux que François puisse la regarder seul, tranquillement.

L'idée d'être associé à une scène aussi familiale le gêne. C'était aussi l'opinion du ministre de la Défense. Par courtoisie, il avait toutefois demandé à son collaborateur de poser la question à Charles Pasqua.

C'est un François Léotard sévère qui accueille son collègue. Il a le sentiment de n'être pas réellement associé à l'enquête, de ne pas disposer, en temps réel, de toutes les informations disponibles. Il n'a pas tort. La susceptibilité du président d'honneur du Parti républicain est d'autant plus à fleur de peau qu'il est blessé à la fois dans ses sentiments fraternels et dans sa dignité ministérielle. Heureusement, il dispose en propre des précieux réseaux de la gendarmerie, sinon il se sentirait hors jeu. Hélas, les principales recherches sont demeurées jusqu'à présent centrées sur la capitale et seule la préfecture de police dispose des résultats. Le ministre de la Défense est donc dépendant du bon vouloir de Charles Pasqua. Une situation qu'il n'apprécie guère.

Les deux hommes ont pris place autour d'une table ronde nappée de blanc et agrémentée d'un frais bouquet. En silence, le major Formery et deux jeunes appelés du contingent en veste blanche assurent un service stylé. Après avoir renouvelé ses excuses pour le retard avec lequel François Léotard a été informé de l'existence de la cassette et après avoir assuré que ses services coopéraient au maximum avec la gendarmerie — pieux mensonge —, Charles Pasqua taquine du bout de sa fourchette les crevettes qui égayent son demi-pamplemousse. Avec leur souci de ligne, ces jeunes et fringants ministres s'imposent, à l'exemple du chef du gouvernement, des mesures diététiques à décourager tout estomac normalement constitué.

Le ministre de la Défense se décide à abandonner son air sombre pour nouer le dialogue :

— Où en êtes-vous de l'enquête ?

— Comme tu le sais, nous nous sommes concentrés sur les hauts lieux de la vie parisienne mais ni les fouilles ni les interrogatoires n'ont ouvert la moindre piste. Et Dieu sait si nous ratissons large. Hier, nous avons mené une opération tous azimuts dans le show-biz et chez les plumitifs. Ces zèbres ont de drôles de fréquentations. On va bien voir s'ils aiment autant la poudre qu'ils le disent. Je suis sûr qu'ils vont vite se mettre à table s'ils ont quelque chose à nous apprendre.

— Et du côté de la Mondaine, les informateurs ont-ils rabattu quelque chose ?

François Léotard use encore du terme traditionnel pour parler de la brigade de répression du proxénétisme. Charles Pasqua ne relève pas. Une idée le turlupine depuis quelques jours, qu'il ne sait comment amener.

— Non, rien de ce côté. Une hypothèse a toutefois été envisagée et j'aimerais te la soumettre. Ce n'est qu'une hypothèse et j'espère que tu ne t'en offusqueras pas. Nous devons tout envisager.

Surpris, le ministre de la Défense dévisage son interlocuteur, cherchant à deviner ce qui se dissimule encore derrière le visage rusé de cet ours matois.

— Je t'écoute.

— Eh bien, nous nous sommes demandé si ton frère n'aurait pas pu monter un canular.

— Un canular ? Lui ? Il a passé l'âge.

— Sait-on jamais ? Il a pu vouloir faire parler de lui, assurer le lancement d'un film, d'un livre, d'un disque, que sais-je ?

— Je n'y crois pas une seconde. Sa compagne est trop inquiète. Je l'ai encore eue au téléphone ce matin. Elle ne joue pas. Et mon frère ne lui imposerait pas gratuitement une telle épreuve. Il s'agit d'une hypothèse absurde.

Un nouveau silence, pesant, est tombé entre les deux hommes. Charles Pasqua contemple, rêveur, sa tranche de poisson grillé. François mastique lentement, en apparence fasciné par le bouquet qui sépare les deux ministres. Il est l'hôte, c'est à lui de faire le premier pas. Il raconte au ministre de l'Intérieur le nouvel incident qui s'est produit cette nuit.

Une voiture avait stoppé à trois heures du matin devant le ministère, rue Saint-Dominique. Un individu en était descendu, un objet à la main. Devant la rapidité de la réaction des gendarmes chargés de la sécurité du bâtiment, le véhicule était reparti en trombe, sans pouvoir être pris en chasse. Les factionnaires n'avaient pas osé faire usage de leurs armes mais avaient relevé un numéro d'immatriculation.

— Crois-tu que l'enlèvement de mon frère ait quelque chose à voir avec tous ces attentats contre des membres du gouvernement ?

— Je n'en sais rien. Au départ nous étions tentés de le penser, mais comme le message des ravisseurs n'établit aucun lien, j'en doute, pour ma part.

— Quelle est, selon toi, la signification de cette vague d'attentats ? Les synthèses de la gendarmerie m'inquiètent. Non seulement les incidents sont très nombreux mais surtout le climat dans le pays me paraît bien lourd. À cinq mois de la présidentielle...

Par une sorte de réflexe atavique, Charles Pasqua répugne à communiquer à son collègue, mais aussi son rival, les conclusions auxquelles il est, quant à lui, parvenu.

Peu à peu, des évidences apparaissent dans les renseignements que dépouillent ses hommes : 1) Toutes les bombes sont rigoureusement semblables. 2) Il s'agit d'engins de faible puissance mais qui auraient pu tuer si quelqu'un s'était trouvé à moins d'un mètre ou les avait manipulés. 3) Il faut donc que, derrière chaque action, il y ait plusieurs hommes chargés d'éviter le risque mortel. 4) Il n'y a pas d'autres cibles que les ministres. 5) Personne n'a encore revendiqué les attentats.

Ce dernier point paralyse la cellule de crise mise en place sous l'autorité de Matignon. Si l'on excepte des communiqués d'origine douteuse ou de contenu farfelu, on ne peut guère avancer sur une piste plus que sur une autre. Il convient donc d'attendre les résultats des experts en explosifs et balistique. Ces gens sont prudents et tardent à remettre leurs conclusions, faute, sans doute, de disposer d'éléments probants. Même avec l'immatriculation du véhicule nocturne dont le ministre de l'Intérieur vient de découvrir l'existence, l'enquête risque d'être longue. Or, du temps, ni le gouvernement ni l'otage n'en ont à gaspiller. Ne serait-ce qu'en raison de la vive pression exercée par Édouard Balladur. Le chef du gouvernement ne cesse de réclamer des informations. Il envisage en effet de s'adresser à l'opinion. En cette époque d'intense communication, le pays n'acceptera pas longtemps d'être sevré d'informations.

Le Premier ministre hésite entre se laisser interroger par ses habituels interlocuteurs des journaux télévisés ou user, pour la première fois, de la procédure dite de « communication du gouvernement ». Elle lui permettrait d'utiliser à sa convenance les canaux de la radio-télévision d'État. Ses prédécesseurs n'en avaient pas abusé, loin de là. Ils laissaient ce soin au président de la République qui à tout moment, en cas de crise, peut diffuser directement, à partir du studio aménagé dans les sous-sols de l'Élysée, les messages qu'il souhaite. Une telle formule avait toutefois, aux yeux d'Édouard Balladur, deux inconvénients. Le premier, acceptable, était la dramatisation de la situation qui s'ensuivrait. Le second, plus embarrassant, résultait du droit de réponse qui serait dès lors ouvert à l'opposition. Celle-ci a le pouvoir de s'exprimer dans les mêmes conditions et un débat contradictoire doit même, en outre, être organisé à la télévision. La lourdeur de la formule faisait hésiter le Premier ministre.

Et pourtant, nuit après nuit, les mystérieux terroristes rôdaient autour des lieux hantés par les membres du gouvernement. La veille, deux individus avaient jeté un paquet suspect dans la bouche des caniveaux jouxtant le ministère de la Jeunesse et des Sports, rue Vaugelas. Le quartier avait été bouclé, le temps de procéder à la fouille des égouts. La même nuit, à Pau, une explosion avait troublé la quiétude de la ville d'Henri IV. Elle provenait de la permanence électorale de François Bayrou. Plus tard, le préfet des Pyrénées-Atlantiques, déjà passablement secoué, recevait un coup de téléphone alarmiste : on s'en était pris à la maison de campagne d'Alain Lamassoure, ministre des Relations européennes.

On en était donc à quatorze attentats ou tentatives d'attentats contre des biens appartenant à des ministres, tous différents. La psychose montait chez ceux qui n'avaient pas encore été touchés. Jamais protection n'avait pareillement été accordée aux familles et aux propriétés de nos éminences.

Pour Alain Madelin, une importante présence

policière à Redon découragea d'éventuels audacieux. Même chose pour son domicile parisien ou pour son ministère de l'Industrie. On avait oublié une annexe du bâtiment. Elle fut à six heures du matin ébranlée par une explosion. Non loin de là, dans les jardins du ministère des DOM-TOM, rue Oudinot, un oranger perdit la vie. Les employés du ministère, déjà traumatisés par la déflagration, versèrent une larme sur cet arbre-symbole qui avait été planté par le président Auriol peu après la fin de la guerre, lors de la traditionnelle cérémonie du 13 juillet offerte à tous les élus et natifs des territoires et départements d'outre-mer. Les enquêteurs, en revanche, se demandèrent s'ils ne tenaient pas le début du commencement d'une piste. Pour une fois l'attentat n'avait pas été perpétré de l'extérieur, mais il avait fallu que le terroriste pénètre à l'intérieur du bâtiment puis circule dans les jardins. Or, nombreux sont, parmi les employés du ministère, les représentants de cultures minoritaires : Antillais, Canaques, Polynésiens, etc. L'autonomisme pourrait constituer un point commun reliant les explosions au rapt de Philippe Léotard. C'est ce que Charles Pasqua se résout à envisager, face au ministre de la Défense, sachant combien son vis-à-vis est, comme lui-même, hostile à toute thèse remettant en cause l'unicité de la République.

Dès lors, la conversation glisse vers les problèmes liés à l'immigration et au militantisme des islamistes chez les musulmans de France. Les deux hommes s'inquiètent de l'évolution de l'Algérie, dont ils redoutent les conséquences pour le pays.

— Les problèmes sont, hélas, devant nous, ponctue Charles Pasqua.

— Le prochain septennat sera à haut risque, renchérit François Léotard.

Les deux hommes se regardent, yeux dans les yeux, se jaugent, se soupèsent. De glissements de thème en digressions, les voici face au sujet qui les hante et que ni l'un ni l'autre ne pensait aborder lors de ce déjeuner. Pasqua choisit de pousser le feu :

— Raison de plus pour ne pas se tromper dans le choix du candidat.

François Léotard ne dit mot. Comme rien ne vient, il insiste :

— C'est-à-dire ?

— C'est-à-dire que ton engagement en faveur d'Édouard Balladur était peut-être précipité.

— À quel point de vue ?

— Dans ton propre intérêt. Pourquoi brûler tes vaisseaux alors que tu peux décrocher Matignon dans plusieurs cas de figure ?

Le regard de François Léotard ne quitte plus Charles Pasqua. Les deux hommes ont reposé les grappes de raisin qu'ils égrenaient machinalement.

— Si Chirac est élu, il ne pourra pas reprendre Balladur. La situation serait insupportable pour l'un comme pour l'autre. Et il devra chercher un chef de gouvernement hors du RPR. Tu serais bien placé. Le favori, même.

Le ministre de la Défense sourit. À présent que le tentateur a accompli sa besogne, il peut jouer à son tour.

— Il y a dans notre équipe un autre ministre qui,

dans les deux cas, pourrait lui aussi briguer Matignon.

— Ah oui ? interroge Pasqua, faussement surpris.

François Léotard éclate de rire.

— Allons, ne fais pas la bête ! Ils ont en commun d'être tous deux moitié corses, moitié provençaux.

Charles Pasqua s'esclaffe à son tour.

Renaud Donnedieu de Vabres, qui s'apprêtait à entrer pour annoncer aux ministres que la cassette de TF 1 ne contenait pas d'éléments nouveaux significatifs, reste sur le seuil. Cette gaieté l'intrigue mais il est ravi de constater que la crise entre les deux ministères semble surmontée. Il repassera plus tard et s'en va revisionner la bande avec Patrick Wajsman, Gérard Lavergne et le directeur de cabinet François Lépine, dit Bouboule...

Paris, place Beauvau, 20 heures

Charles Pasqua regarde son fils Pierre régler le magnétoscope. Il n'a jamais su se familiariser avec toute cette technologie contemporaine et s'étonne de voir avec quelle dextérité ses petits-fils jonglent avec ordinateur, chaîne hi-fi et jeux vidéo. Jeanne est venue rejoindre ses deux hommes dans le salon de l'appartement de fonction mis à la disposition du ministre de l'Intérieur. Elle s'est assise sur le canapé à côté de Charles et a posé une main sur son genou.

— Tu es prêt ? interroge le père en voyant son fils s'attarder devant le magnétoscope. Ça va bientôt commencer. À cette époque, les pages de publicité sont brèves.

— J'y suis, j'y suis. J'en ai simplement profité pour remettre la pendule à l'heure. Tu ne dois pas l'utiliser souvent.

Charles Pasqua s'abstient de répondre. À quoi bon confesser ce que tous, ici, savent. Le générique du journal de TF 1 retentit dans le silence qui s'est fait dans la pièce. Pierre, d'un geste discret, appuie sur la télécommande pour déclencher le magnétoscope.

Dès la diffusion des images du comédien, et sans attendre la fin des commentaires et reportages qui accompagnent ce document, le ministre de l'Intérieur se tourne vers son fils :

— Bon, ça suffit. Arrête le programme et repasse-moi la séquence sur Philippe Léotard.

Sur l'écran, l'image se brouille instantanément et défile en marche arrière. Après un bref tâtonnement, le visage de l'acteur réapparaît sur fond de pierres sèches.

— Encore une fois, demande Charles Pasqua au moment où Philippe Léotard cède la place au présentateur.

Ni Jeanne ni Pierre n'ont dit un mot. Le fils s'exécute en silence. Ils ne veulent en aucun cas troubler la concentration du ministre. Instinct, flair ou expérience, qu'importe, au vu de la cassette, Charles Pasqua est revenu sur son sentiment initial. La réponse à l'énigme Philippe Léotard ne se situe pas à Paris mais dans l'île de Beauté. Le mur de pierres sèches lui rappelle par trop son village de Casavecchie. Dès lors, il sait qui activer en priorité. Le ministre sort un mince carnet de sa poche intérieure, le feuillette puis s'empare du téléphone posé sur le guéridon. Il compose un numéro sur sa ligne directe personnelle.

— *Alló o Pà cumu và ? Só Carulu...*

— ...

— *Ié ti chiamu da u ministeru. U càsu è gràvu e ci vole a scansa l'indiscréti. Aghiu bisognu di u tó aiutu. Fà prestu. Fallà per me*[1].

Paul Colonna est l'une des cartes secrètes de Charles Pasqua. Les deux hommes se sont rencontrés chez Marius et Marie-Xavière Mannenti, lors d'un banquet de bergers organisé par ce couple de fromagers du col de San Bastiano. Entre *figatelli* et *brocciu*, l'ancien autonomiste et le ministre sexagénaire, de trente ans son aîné, se sont mutuellement séduits. Charles Pasqua possède toujours, dans le bas de son buffet, la bouteille d'eau-de-vie d'arbouse qui lui avait été offerte pour l'occasion.

Paul connaît tout le petit monde des bergeries, d'un bout de l'île à l'autre, et il a ses entrées dans toutes les mouvances de l'autonomisme. Il sait respecter la loi du silence tout en rendant les services mutuels qui permettent d'éviter des drames. Si, comme s'en est persuadé Charles Pasqua, Philippe Léotard est détenu en Corse, le berger peut se révéler un relais capital. Il ne trahira pas ses amis mais peut permettre à chacun de sauver la face.

Sur sa lancée, le ministre de l'Intérieur se replonge dans son calepin et multiplie les appels téléphoniques.

1. — Allô Paul, comment vas-tu ? C'est Charles.

— ...

— Oui, je t'appelle du ministère. Le cas est grave et il faut écarter les indiscrets. J'ai besoin de ton aide. Fais vite. Fais-le pour moi.

Il mobilise ses janissaires. Dominique Vescovali va prendre le pouls des milieux financiers corses, son chef de cabinet, Bernard Tomasini, va scruter les informations administratives, son ancien garde du corps Daniel Landri, aujourd'hui conseiller technique à son cabinet, va lancer ses filets dans la population plus clandestine où se recrutent d'ordinaire vigiles et chauffeurs. Edmond Raffalli, l'homme qui s'était chargé de piloter la fuite au Brésil d'Yves Challier, le chef de cabinet du ministre socialiste de la Coopération Christian Nucci, et surtout Jean-Charles Marchiani, le négociateur de la libération des otages français au Liban, sont également appelés à reprendre du service.

Mercredi 28 décembre

Paris, rue de Bénouville, 9 heures

Valéry Giscard d'Estaing est revenu la veille de Chanonat. Il s'apprête à partir en Chine le surlendemain. Dans la perspective de l'élection présidentielle, à laquelle il a moins que jamais renoncé, il veut montrer au pays, du moins à ses observateurs, qu'il souhaite prendre du champ, de l'altitude. Il aime ces dialogues avec Li Peng et avec le vieux Deng Xiaoping. Cette fois-ci, il se jettera à l'eau. Il leur parlera en chinois. Voilà plusieurs années qu'il apprend le mandarin et les rares spécialistes qui ont pu l'entendre jurent qu'il ne s'y débrouille pas si mal. Ah, si les téléspectateurs pouvaient un jour assister, à « Bouillon de culture » ou à « Ex Libris », à un dialogue en chinois entre Giscard et Chirac sur l'art Ming ! L'un et l'autre sont sincères dans leur admiration pour ces dynasties qui se perpétuent et vont un jour conduire la Chine à la toute première place mondiale. Sans doute dans les premières années du troisième millénaire qui n'en a plus que pour six ans avant d'éclore.

Voilà qui les changerait de ce duo fratricide qui les oppose depuis tout juste vingt ans. À l'époque, l'un était président de la République, l'autre Premier ministre. Et tous deux rêvent encore des premières marches, avec pour chacun sa petite idée sur la place de l'autre...

Le maître d'hôtel de Valéry Giscard d'Estaing sait tout des conversations entre les deux hommes. Il n'a jamais émis un avis, son maître ne l'y a pas incité. Il se souvient d'un appel passé par René Monory en mars dernier, précisément au retour d'un voyage à Pékin. Valéry Giscard d'Estaing était ensuite allé voir le président du Sénat au palais du Luxembourg, l'avait interrogé sur sa vision de la Chine, mais avait plus probablement jaugé ses intentions présidentielles car, coûte que coûte, le président de l'UDF souhaite que son mouvement soit présent dans la compétition.

Le fidèle serviteur se rappelle aussi un brusque emballement, peu avant l'été, des coups de téléphone avec Raymond Barre. Comme avec le maire de Paris, la rancune avait été, là encore, officiellement « jetée à la rivière ». Le député de Lyon n'avait pas gardé un bon souvenir de son score à la présidentielle de 1988 et du soutien assez mou de ses amis supposés. Giscard, de son côté, voulait venger 81. Ce sont des sentiments qui rapprochent les grands fauves mais visiblement Raymond Barre souhaitait rester sur son Aventin, se délectant des appétits d'autrui et promenant sur le payage politique français le regard ahuri et moqueur d'un Huron. Pour l'Élysée, cette fois encore il n'avait pas assez faim...

Et voilà que ce matin, le « Président » demande à

son domestique de joindre le quatrième homme fort de l'UDF, François Léotard. Diantre, les blessures se seraient-elles ici aussi cicatrisées ? Non. L'ancien Président veut simplement assurer son fougueux cadet de sa solidarité dans l'épreuve qu'il traverse. Pour la première fois depuis leur fâcherie, à Vichy, en 1989, lorsque François Léotard se vit souffler par Charles Millon la succession de Jean-Claude Gaudin à la présidence du groupe UDF à l'Assemblée, Valéry Giscard d'Estaing l'appelle « François ».

— J'ai voulu vous joindre avant le Conseil des ministres. Je viens de lire dans *Le Figaro* ce qui arrive à votre frère. Mes pensées vont vers vous. Puis-je vous être utile en une quelconque façon ? Avec Riolacci, j'ai gardé de bons amis en Corse. J'aime beaucoup José Rossi qui, je crois, est aussi l'un de vos proches. Dites-moi ce qui vous serait utile...

— Je vous remercie, monsieur le Président, mais je n'ai pour le moment besoin de rien. Je n'arrive d'ailleurs toujours pas à me persuader que les Corses y sont vraiment pour quelque chose. De toute façon, vous savez que nous sommes un peuple fier. J'ai, encadrée sur mon bureau de l'hôtel de Brienne, la lettre que Belle-Isle adressa au maréchal Richelieu en 1748 : « Les Corses ne peuvent ni ne doivent jamais être admis à aucune espèce de traité vis-à-vis de leur souverain, dont ils doivent uniquement reconquérir le pardon et la clémence. »

Valéry Giscard d'Estaing s'interroge un dixième de seconde sur le sens assez sibyllin de cette dernière phrase, chasse le mot « souverain » qui sonne comme un reproche de la part de son ancien féal, et en profite pour saisir la balle au bond. Le grand chat chinois n'était pas endormi.

— Cher François, je ne doute pas un instant de l'issue heureuse de cette affaire lamentable. Dès que tout cela sera fini, j'aimerais beaucoup vous revoir. Je dois moi-même m'absenter quelque temps de France. Pourrions-nous avoir une conversation dès mon retour ?

— Je serai sans doute à Mururoa. Cette affaire d'essais nucléaires n'est pas simple à gérer. Rappelons-nous à ce moment.

— Vous vous souvenez que je vous ai soutenu sur le sujet lors de l'un de ces rocambolesques déjeuners du mardi à Matignon ! Mais j'aimerais que nous fixions dès maintenant une date. La situation politique est à réexaminer à plat. Je connais les positions que vous avez prises il y a tout juste un an en faveur de M. Balladur. Bien des choses se sont passées depuis. Je crois en vous. Je voudrais vous persuader de l'utilité qu'il y a à présenter un candidat UDF.

Les deux hommes conviennent d'un rendez-vous que François Léotard fixe au ministère de la Défense, pour mieux marquer son indépendance. Il sait que son ancien patron va toujours au bout de ses idées, et même de ses lubies. Il est à son tour intrigué par cette petite phrase : « Je crois en vous » et, même s'il s'était juré de ne plus jamais se laisser manipuler par lui, il a envie de savoir ce que Giscard a dans le crâne. Il n'a pas gardé le même souvenir de ce fameux déjeuner de la majorité, mais en politique, les souvenirs se ramassent à la pelle...

Satisfait, Valéry Giscard d'Estaing raccroche en contemplant une fois de plus le portrait de Charles Ferdinand de Bourbon, duc de Berry, qui fut assassiné en sortant de l'Opéra en 1820 et ne put jamais devenir souverain.

Deauville, 14 heures

Sitôt expédié le Conseil des ministres, Édouard Balladur s'est rendu dans sa maison de Deauville avec son directeur de cabinet. En cette fin de septennat, ces réunions hebdomadaires à l'Élysée se raccourcissent comme peau de chagrin. Personne ne semble plus y trouver plaisir. François Mitterrand, fatigué de jouer au chat et à la souris avec la majorité que le suffrage universel lui a imposée, se contente de glisser de temps à autre quelque chausse-trape. Il essaie de dénicher le sens caché des mots échangés entre chiraquiens et balladuriens mais personne ne souhaite se déchirer devant lui. Le Président observe simplement deux hommes qui, un jour peut-être, le siècle prochain, occuperont son fauteuil : Alain Juppé l'intéresse pour son intelligence ombrageuse ; François Léotard le surprend par sa singularité et sa ténacité. Quant à Édouard Balladur, il y a longtemps qu'il a renoncé à le résumer. Ce faux gros matou tient peut-être davantage de Raminagrobis.

Le Premier ministre, quant à lui, après avoir éprouvé quelque curiosité à découvrir dans les premiers mois le mode d'emploi du chef de l'État, a vite été agacé par sa propension à jeter de l'huile sur le feu.

Il a rarement entrevu sa main secourable. Après tout, il n'est pas là pour ça, et surtout, il n'y est plus pour bien longtemps. Les Conseils sont donc préparés dès le lundi au cordeau par Renaud Denoix de Saint-Marc, l'efficace secrétaire général du gouvernement et, ainsi chronométrés, ne durent jamais longtemps. Les ministres interviennent un minimum. À onze heures, l'affaire est souvent terminée. Aujourd'hui, le chef de l'État se prépare à gagner le Concorde pour un voyage éclair en Égypte. Depuis longtemps ces escapades habillées en « entretiens informels avec le président Moubarak » ne trompent plus personne. Le Sphinx adore le Nil.

Initialement, Édouard Balladur avait prévu de rejoindre Marie-Josèphe, restée seule à Chamonix, mais les circonstances exigent qu'on ne le voie pas dans une station de sports d'hiver. C'est pourquoi il se replie sur sa résidence de Deauville.

Bazire est arrivé du village voisin de Bourvil (qui offrit à l'acteur André Raimbourg son pseudonyme). Son profil en lame de couteau, son œil malin et son air madré trahissent les origines normandes de ce natif de Fort-de-France.

Tous deux se retrouvent pour l'un de ces repas de célibataires qu'ils affectionnent. Le Premier ministre y ébauche à voix haute des stratégies qu'il teste devant son directeur de cabinet et, lorsqu'il sent une réticence, fait mine de s'étonner. « Vous ne pensiez pas, Nicolas, que je voulais vous amener là ? » Pas dupe mais respectueux, son bras droit noie alors sa réponse dans un éclat de rire. Édouard Balladur aime à éprouver le réalisme, parfois le cynisme, de son cadet.

Il se souvient de lui, au même âge, un peu gauche — il n'a jamais aimé son physique mais se plaît davantage aujourd'hui —, dans l'entourage de Georges Pompidou, comme conseiller social à l'Élysée. Il n'était alors jamais au premier plan sur les photos, fuyait les journalistes et les mondanités et rentrait au plus vite chez lui, sitôt la tâche accomplie, souvent vers dix-neuf heures trente. Jacques Chirac, lui, traînait beaucoup plus longtemps.

— François Léotard était bien pâle, ce matin, au Conseil. J'ai peur qu'il ne soit très affecté. Veillez sur lui, Nicolas. Appelez souvent votre ami Donnedieu et dites à son patron de me déranger ici autant que de besoin. Voilà un homme loyal. Comme Sarkozy. Les temps en sont chiches.

— Vous faites allusion à Charles Pasqua ?

— Que me chantez-vous là, Nicolas ? Charles a choisi son camp depuis longtemps. Il ne m'a jamais manqué.

— Méfiez-vous. Chirac lui aussi commence à dire ça de lui. Jean-François Kahn n'a pu s'empêcher de me le rapporter. Et puis, il a été très agacé de vous voir partir seul avant-hier à Montpellier. Vous auriez dû lui rendre plus souvent hommage dans vos discours. Il considère que l'Aménagement du territoire, c'est sa chose.

— Ce ne sont là que susceptibilités bien vite oubliées. Je ne crois pas qu'il jouera Chirac. Il devine ce que je peux lui offrir en cas de victoire. Chirac à l'Élysée et Pasqua à Matignon, c'est ne ratisser qu'un petit bout de l'échiquier politique, Charles le sait fort bien.

— Monsieur le Premier ministre, pardonnez-moi de tempérer votre optimisme. Et s'il profitait de la situation pour avancer ses propres pions ? Que savons-nous en fin de compte de ces petits attentats qui ne font pas une égratignure mais qui peuvent préparer l'opinion à une candidature de dur à cuire ? Après tout, c'est sa police qui nous informe. Qui nous dit qu'elle n'a pas elle-même placé ces pétards à bon escient ? Et que certains ne détesteraient pas que cela se termine en Ouvéa corse, comme la dernière fois, juste avant la présidentielle ?

— Vous êtes décidément bien machiavélique pour votre âge, mon petit Nicolas. Charles a aimé ces jeux-là dans sa jeunesse mais le voilà aujourd'hui « rangé des voitures », comme vous le dites si souvent.

— Quand on a été le patron du SAC, il est des habitudes qui ne se perdent jamais tout à fait. Pour organiser une manifestation comme celle du 30 mai 1968 il faut du talent ! Et vous savez ce que peuvent faire des services très spéciaux et très parallèles quand ils se savent protégés, sinon encouragés, par le chef de la police. Souvenez-vous de ce qu'ont fait certains amis de François Mitterrand pour embarrasser des journalistes eux-mêmes gênants : photos, écoutes téléphoniques, vie privée, dossiers fiscaux...

— Allons, allons, c'était précisément du temps de nos adversaires. J'ai interdit à Pasqua et à Sarkozy de jouer à ces jeux-là. Et je sais qu'il n'ont pas envie de me déplaire... Ce n'est pas ma conception de la politique.

— Alors, ne parlons pas de politique. Balayons l'hypothèse Pasqua dans la course à la présidence. Il reste qu'il a peur que vous ne proposiez le poste de Premier ministre à Léotard. Il peut être tenté de jouer Chirac, même avec les réserves qu'il vous a maintes fois rappelées sur le caractère du maire de Paris.

— Nicolas ! Le maire de Paris, comme vous l'appelez, sera encore maire de Paris l'année prochaine. Et pour très longtemps. Si nous sommes élu à l'Élysée, nous ferons tout pour faciliter sa réélection le mois suivant. Et ce sera très bien ainsi.

— Il va vouloir se maintenir jusqu'au bout. Il dit à tout le monde que c'est vous qui plierez le premier et qu'il n'y aura jamais deux candidats du RPR au premier tour de la présidentielle.

— En douteriez-vous, Nicolas ?

Paris, rue Falguière, 15 heures

Tout en ponctuant d'onomatopées le discours véhément de son correspondant, Jean-Marie Colombani tourne fébrilement les pages du numéro fraîchement tiré posé sur un coin de son bureau. Le nouveau directeur du *Monde* n'a pas pris le temps de relire le billet de Daniel Schneidermann et il le regrette déjà. Une fois de plus, dans sa rubrique « Images », le chroniqueur a jugé bon de faire la leçon à TF1. Il s'indigne, au nom d'une déontologie à géométrie variable, que la chaîne ait diffusé la cassette tournée par les ravisseurs de Philippe Léotard. Or, l'image était muette, aucune déclaration tendancieuse n'ayant été extorquée au captif, et le comédien paraissait en bonne forme, offrant même une grimace burlesque à la caméra. Le chroniqueur vissé devant son poste a osé une comparaison avec les appels lancés sous la contrainte par des pilotes américains prisonniers du Viêt-cong ou par des otages occidentaux au Liban. Et, dans un même amalgame, il a donné à croire que les images diffusées par TF 1 pourraient gêner l'action de la police et mettre en danger la vie du comédien.

Le préfet Riolacci a donc tenu à préciser à Jean-Marie Colombani que le ministère de l'Intérieur ne s'était pas opposé à une exploitation de la cassette en tout point conforme aux règles journalistiques. En découvrant l'article aigre du quotidien du soir, Jean-Étienne Riolacci n'a en effet pas résisté. Ancien conseiller politique de Valéry Giscard d'Estaing lorsque celui-ci occupait le palais de l'Élysée, ce Corse jovial, amateur de bons déjeuners et de volumineux cigares, a connu une longue traversée du désert avant que Charles Pasqua ne le fasse venir, en 1993, à son cabinet. Au cours de sa tumultueuse carrière, il a croisé de droite à gauche, et même de l'extrême droite à l'extrême gauche tout ce qui grenouille et scribouille dans la vie politique. Peu de carnets d'adresses sont aussi éclectiques que le sien. Outre de communes origines insulaires, Riolacci et Colombani se côtoient au jury du prix du Mémorial, prix littéraire d'Ajaccio présidé par Émile Arrighi de Casanova. Le bouillant préfet n'a donc pas résisté à exprimer à son compatriote l'agacement suscité par sa lecture du *Monde*.

Jean-Marie Colombani écoute sans argumenter. Il sait bien que si sa rédaction lui avait apporté l'exclusivité du message des ravisseurs, lui aussi en aurait fait sa une. Au demeurant, toutes ces rubriques affermées qui ont proliféré au fil du temps dans son journal l'agacent. Elles prennent de la place, rigidifient un quotidien qui manque déjà de souplesse dans sa mise en pages et constituent autant d'éditoriaux bien difficiles à contrôler. Il va falloir qu'il s'en explique avec Schneidermann, mais en douceur ; l'animal est susceptible. Il a par ailleurs été du fameux « complot » dénoncé par le prédécesseur de Colombani, Jacques Lesourne, pour le pousser à plier bagage.

À peine le directeur du *Monde* en a-t-il terminé avec son interlocuteur que sa secrétaire le tire de ses pensées moroses :

— J'ai Jean-Claude Casanova en ligne. Il insiste pour vous parler. Mme Alice Saunier-Seïté a également cherché à vous joindre. Elle va rappeler. C'est à propos du papier de Schneidermann.

Accablé, Jean-Marie Colombani marmonne :

— Ah non ! Tout le jury du prix du Mémorial ne va pas défiler !

L'ancien conseiller de Raymond Barre et l'ancienne secrétaire d'État aux Universités sous le septennat de Valéry Giscard d'Estaing siègent en effet eux aussi au jury du prix littéraire d'Ajaccio ! Colombani ne peut donc les ignorer, d'autant qu'il a pu compter l'an dernier sur la compréhension de ses pairs qui ont attribué les vingt mille francs du prix à son ami Alain Duhamel, l'homme qui a guidé ses pas sur la planète de la presse audiovisuelle en l'accueillant notamment au « Club de la Presse » d'Europe 1 et à l' « Heure de Vérité » sur France 2.

Tant pis. Diplomate, le directeur du *Monde* tient surtout à l'indépendance de ses journalistes et le répète à son bras droit, Noël-Jean Bergeroux.

— Envoie-moi balader tout ce monde. Dis à notre médiateur André Laurens de consigner gentiment leurs doléances et demande surtout à Plenel de se bouger un peu. La concurrence nous grille sur ces attentats et sur Philippe Léotard. Nous sommes à la remorque de la télé. Ce fut déjà le cas au début de l'affaire Yann Piat. On s'était heureusement bien rattrapés. Maintenant, il faut mettre le turbo. On a tort de ne régler ça qu'à la rubrique société. L'affaire devient très politique. Et les ventes vont s'en ressentir.

Jeudi 29 décembre

Bruxelles, 10 h 30

Pascal Lamy, le cheveu ras, les joues creusées, se tient debout, presque au garde-à-vous, face à celui qui, durant des années, fut son *boss*. On croirait, à le voir, un légionnaire de retour d'expédition ou un moine-soldat écoutant la parole sacrée. L'ancien directeur de cabinet du président de la Commission exécutive de l'Union européenne est parti seconder Jean Peyrelevade pour remettre de l'ordre au Crédit Lyonnais. Les deux hommes ont une vieille complicité. Lamy avait succédé à Peyrelevade comme directeur adjoint du cabinet du Premier ministre du temps de Pierre Mauroy. Depuis, ils ne se sont jamais perdus de vue. Si Pascal Lamy est de retour à Bruxelles, en cette période de vacances, c'est parce qu'il n'a pas renoncé à son ambition politique : faire de Jacques Delors le successeur de François Mitterrand. Un tel projet n'a rien qui puisse contrarier Peyrelevade. Lamy et Delors sont heureux de se retrouver. Le nouveau numéro deux du Crédit Lyonnais termine la lecture du document que Jacques Delors lui a tendu. Il s'agit de deux feuillets dactylographiés parvenus par le courrier ordinaire et qui doivent traîner depuis des heures dans les méandres administratifs bruxellois. Ils ont d'ailleurs bien failli ne jamais parvenir à leur destinataire et rejoindre le cimetière de papier où dorment les lettres anonymes et les correspondances sans adresse, et donc sans réponse possible. La préposée au dépouillement, hésitant devant ce libelle, a jugé prudent de le transmettre à son chef de service, lequel a également pensé que mieux valait ne pas prendre de risques, etc. De frilosités en petites trouilles, le message des ravisseurs de Philippe Léotard a remonté la pesante hiérarchie européenne jusqu'au cabinet du président de la Commission.

Jacques Delors attend que Pascal Lamy relève la tête et l'interroge :

— Qu'en penses-tu ? Il y a également une photo, à l'évidence un Polaroïd. Elle date de lundi, comme le prouve le quotidien tenu par Philippe Léotard. Le même jour donc que la cassette vidéo diffusée par TF1. La photo a dû être prise au moment du tournage.

— Et l'enveloppe ? Donne-t-elle des indications ?

— Elle a été postée à Marseille, gare Saint-Charles, mardi en milieu de matinée. Rien de bien probant à mon avis. La cassette avait également été livrée à TF1 le mardi. Tout concorde. Ils peuvent avoir pris la photo le lundi à Paris ou en tout autre point de l'Hexagone et être allés poster le message à Marseille.

— Sauf que *Corse-Matin* n'est pas disponible dans toute la France.

— On peut se le procurer sans problème à Paris comme sur le littoral méditerranéen. Et en Corse bien sûr. En outre, avec un délai de vingt-quatre heures, ils ont pu rapatrier un exemplaire dans la journée du lundi et diffuser leur cliché le lendemain.

— Les ravisseurs peuvent aussi être abonnés.

— C'est moins probable, on remarquerait les traces du pliage.

Pascal Lamy s'amuse des réflexes policiers de Jacques Delors.

— C'est vrai, mais la qualité du cliché n'est pas telle que l'on puisse avoir une certitude.

— J'imagine que la police française doit déjà avoir décortiqué, image par image, la cassette de TF 1.

Pascal Lamy pose la photo que Jacques Delors lui avait tendue durant leur échange pour récupérer le message des ravisseurs.

— En résumé, ils demandent l'indépendance de la Corse dans le cadre de l'Union européenne en échange de leur otage ?

— C'est cela.

— Mais c'est délirant !

Un sourire vient enfin égayer le visage tendu de Jacques Delors.

— C'est le moins que l'on puisse dire.

— Je ne sais pas comment ils rédigent en corse mais leur français est truffé de fautes d'orthographe. Ils ne recrutent pas chez les intellectuels.

— Oh, cela ne veut rien dire, commente Jacques

Delors. Même dans les notes du cabinet, il s'en trouve. Et il s'en trouvait de ton temps.

Vexé, Pascal Lamy boude. Le président de la Commission affecte de ne pas s'en rendre compte. Il réfléchit. Que va-t-il faire de ce document ? Faut-il le transmettre à la police belge ou aux Français ? Doit-il agir avec discrétion ou médiatiser cette correspondance pour tourner les caméras vers lui ? Après tout, le gouvernement d'Édouard Balladur n'est pas à la fête, alors pourquoi ne pas se poser en négociateur de la paix civile française ? Le rôle pourrait être bénéfique et prometteur de lendemains électoraux fructueux. Le vieux rêve élyséen de Jacques Delors revient le titiller et il s'y abandonne avec une volupté coupable. Quel mal à cela ? Dans deux jours prendra fin son mandat de président de la Commission européenne. Son successeur, désigné pendant l'été au Sommet de Corfou, travaille déjà avec lui en double commande. Son épouse a terminé leur déménagement à Paris et il vit dans un appartement vide. Dans les sondages, Rocard n'est toujours pas au mieux de sa forme, immanquablement battu par les leaders de droite, talonné par Lang et Tapie, et régulièrement devancé, dans son camp, par l'homme de Bruxelles. N'étaient l'âge et cette maudite sciatique récurrente, il pourrait tenter sa chance.

— Allons, Pascal, prends un siège. Tu me donnes le vertige, ainsi planté devant moi. Quel est ton avis ?

— Les histoires corses sont toujours très délicates à déchiffrer. Elles ne peuvent se lire au premier degré. Il y a un mélange des genres, le banditisme emprunte parfois le visage de la politique.

— Et réciproquement...

— Et réciproquement, hélas ! Avant d'agir, il me semblerait prudent d'avoir un échange avec un Corse. Peut-être pourrait-il nous aider à comprendre.

— Ce qui signifie bien sûr que tu as un Corse sous la main et que tu vas me le proposer.

— Dominique Taddei est de passage à Bruxelles et il m'a téléphoné hier. Nous avions rendez-vous pour déjeuner, puisque tu n'étais pas libre.

— Tiens, qu'est-ce qu'il est devenu celui-là ? Depuis qu'on en avait fait l'un des dauphins de Guy Mollet, les fruits n'ont guère tenu les promesses des fleurs.

— C'est vrai, mais entre économistes nous devons nous serrer les coudes. La race est trop rare au parti socialiste, nous sommes bien placés pour en témoigner ! Et puis, c'est un des consultants officiels des Communautés pour les questions d'emploi, il n'y aura donc rien de curieux à le recevoir.

— De toute façon, puisque tu l'as décidé. Ne me dis quand même pas qu'il attend derrière la porte ?

— C'est-à-dire...

— C'est-à-dire qu'il souhaitait me voir, que tu lui as promis de faire le nécessaire et que tu veux l'enrôler dans nos clubs et pour la suite. Je me trompe ?

L'œil de Pascal Lamy pétille. Son mince sourire s'est accentué et le rajeunit soudain.

— Excellente analyse, monsieur le Président, comme d'habitude. Je le fais entrer ? Après tout, tu auras besoin de bonnes cautions laïques pour ta future campagne !

— Quelle campagne ?

Jacques Delors se renverse dans son fauteuil avec un profond soupir de fausse lassitude. En réalité, il apprécie le forcing et l'efficacité de son ami. Et puis son ultime remarque n'est pas sotte. Il doit fédérer autour de lui un maximum de socialistes. Au cas où...

— As-tu pensé une seconde que je puisse dire non ?

Pascal Lamy rit sans répondre et se dirige vers la porte.

L'ancien député d'Avignon, tout sourires, fait son entrée, la main tendue. Il a encore grossi, pense Jacques Delors en se levant pour accueillir son visiteur inattendu.

— Bonjour, Jacques, ça me fait plaisir de te revoir.

Les trois hommes s'installent autour de la table de réunion qui occupe l'un des angles du bureau présidentiel. Dominique Taddei explique la situation politique corse et l'émiettement des courants autonomistes insulaires. Jacques Delors prend, de temps à autre, des notes. Il soupire :

— Mais c'est plus compliqué que le PSU des années 70 !

— Tradition catholique oblige, glisse non sans perfidie Dominique Taddei. Le mélange avec la politique est souvent détonant.

L'ancien militant de la Jeunesse étudiante chrétienne, Pascal Lamy, ne relève pas l'allusion. L'ex-député socialiste reprend son décorticage, avançant des hypothèses pour mieux les récuser, échafaudant les plus incroyables mystifications, les plus extravagantes manipulations, comme si d'aussi rocambolesques péripéties étaient monnaie courante dans la vie insulaire.

Jacques Delors l'écoute sans l'interrompre puis, le flot s'étant enfin tari, fidèle à son habitude, il ponctue :

— Bien, je résume. L'existence d'un nouveau groupe autonomiste, encore inconnu mais plus radical que les précédents, demande à être confirmée, mais paraît plausible et conforme à l'évolution actuelle en Corse. Le recours à la technique de l'enlèvement, déjà bien rodée en Italie et utilisée notamment par les voisins sardes, n'aurait, dans ce contexte, rien d'anormal. Dès lors, il importe de traiter ce dossier sous l'angle politique bien plus que policier. D'abord, les pouvoirs de police nous échappent. Ensuite, les ravisseurs nous désignent comme interlocuteurs, pourquoi refuser de leur répondre ? Le gouvernement français étant désormais hors jeu et la revendication politique portée au niveau européen, je suis dans mon rôle si je m'en saisis.

La lèvre gourmande et l'œil dominateur, le président de la Commission se tourne vers Dominique Taddei :

— Tu sais que j'ai rang de chef d'État.

Pascal Lamy plonge le nez dans son dossier. Il s'amuse des petites faiblesses de son grand homme. Sans se rendre compte de la brève gêne qu'il vient de susciter, Jacques Delors enchaîne :

— Je vais donc informer Édouard Balladur de ce message et nous le tiendrons à la disposition des enquêteurs français mais, simultanément, vous allez ébruiter l'information. Il faut que l'on sache que les ravisseurs se sont tournés vers moi.

— Ne pourrait-on aller plus loin ?

Pascal Lamy, silencieux durant tout l'exposé de Dominique Taddei, esquisse une stratégie dont la cible se trouve bien plus sur les rives de la Seine qu'à Bruxelles. Il caresse son ancien patron dans le sens du poil, faisant miroiter à mots à peine couverts les avantages politiques d'une médiation imposée au gouvernement français. Dominique Taddei dodeline du chef, ce qui peut avoir valeur d'approbation. Jacques Delors hésite. Comme souvent lorsqu'il lui faut passer de l'analyse — où il se complaît — à l'acte — qu'il redoute.

— Tu crois vraiment que je dois aller aussi loin ? Il ne faudrait pas que l'on me range dans le camp des terroristes.

— D'abord, rien ne prouve que les pétards contre les Excellences de la République ont une origine corse, rétorque Taddei. Quand mes compatriotes font parler la poudre, ils savent mettre de véritables charges. Balladur ou Pasqua sont bien capables d'avoir imaginé le stratagème des pseudo-attentats contre les ministres pour redresser la courbe des sondages.

— Quelle conception de la politique !

Jacques Delors est sincèrement scandalisé.

— Tu n'imagines quand même pas le gouvernement de la République se livrant à des opérations aussi... aussi... minables ! Oui, c'est cela, minables. C'est vraiment, excuse-moi, une idée corse !

— Et alors ? Pasqua n'est pas un *pinzutu*[1], que je sache !

Le visage de Dominique Taddei a viré au rouge et sa voix a enflé. Ces deux-là ne vont pas la lui jouer sur le registre enfants de chœur. Pas à lui quand même ! Depuis le temps qu'il les regarde agir, c'est justement leur professionnalisme qui le séduit.

— Pascal a raison. Tu devrais abattre ta carte et te tourner franchement vers l'opinion française pour te présenter comme l'interlocuteur toujours disponible des régions abandonnées. Ça, c'est bon, crois-moi. Balladur en sera malade.

— Vous croyez vraiment ?

Jacques Delors hésite encore mais l'idée le tente de plus en plus.

— Enfin, si vous êtes sûr de vous...

Paris, avenue Montaigne, 18 heures

Le téléphone de Jean-Luc Mano sonne et insiste. Avec un soupir de lassitude, le directeur de l'information de France 2 saisit le combiné. Sa secrétaire a besoin d'aide.

— Cela fait déjà trois fois que Jean-Paul Huchon appelle, je ne sais vraiment plus quoi lui dire. Il a eu Arlette Chabot et il sait que vous êtes là. Il rappelle dans dix minutes. Il dit que c'est très urgent.

— Si je comprends bien, je n'y couperai pas. Bien. Vous me le passerez la prochaine fois.

1. Continental, en langue corse.

Les dix minutes du numéro deux du PS n'en ont duré que cinq, au grand maximum.

— Ah Jean-Luc ! Je suis content de vous avoir. Carcassonne ne vous a pas dit que je cherchais à vous joindre ? Enfin, qu'importe. J'imagine que vous aussi vous êtes occupé. Nous en sommes tous là, n'est-ce pas ? Je voulais vous parler d'urgence car il faut absolument que Rocard réponde à Delors. Vous avez vu ça ? Le toupet de ces gens de Bruxelles, c'est invraisemblable. Nous ne pouvons pas laisser passer. Je vous propose Michel au 20 heures pour lui répondre. Après le scoop de TF1, c'est là un bon coup pour vous, pour l'image de la chaîne. Il ne dira strictement rien d'ici là. Qu'en pensez-vous ?

Jean-Luc Mano a éloigné l'écouteur et continue de relire le projet de conducteur du journal télévisé d'Hervé Claude tandis que le haut-parleur débite les propos insistants de Jean-Paul Huchon. Exploiter le duel fratricide Delors-Rocard pourrait donner un peu de piment au 20 heures, mais ne serait-ce pas réduire le débat que de le circonscrire au seul parti socialiste ? L'idéal serait d'avoir une réaction gouvernementale aux propos du président de la Commission de Bruxelles. Et surtout, il convient d'éviter que la chaîne rivale ne réussisse à faire venir sur ce créneau un ministre important. C'est pourquoi le directeur de l'information de France 2 n'était pas pressé de prendre l'appel du porte-voix de Michel Rocard. Faute de réponse, Huchon a repris son monologue :

— Je vous sens rétif, comme d'habitude. Bien sûr, l'appel ne vient ni de vos anciens amis communistes ni de votre président de la République adoré. Mais je vous demande de jouer votre rôle de service public. On ne peut laisser Delors se présenter, au nom de l'Europe, en médiateur de nos débats internes. Nous devons préserver notre communauté nationale, vous ne pensez pas ? Sinon quel boulevard allons-nous offrir aux Le Pen, de Villiers et autre Séguin. Nous, les vrais Européens, nous devons réagir. Delors est allé trop loin.

Agacé par les allusions à ses amitiés politiques, Jean-Luc Mano ne peut rester silencieux plus longtemps :

— Je vois que la campagne pour la présidentielle est bien engagée au sein du PS.

— Comment pouvez-vous ramener le débat à une question aussi subalterne ? Si vous interrogiez ceux qui connaissent vraiment Michel, vous sauriez qu'il n'a pas de ces pensées médiocres. C'est la France qui lui importe. Et l'Europe. Pour le reste, nous verrons bien.

— Je comprends tout cela, monsieur Huchon, mais je ne peux vraiment rien vous promettre pour le 20 heures. En revanche, je peux demander à Arlette d'envoyer une équipe rue de Solferino pour l'interviewer et nous passerons sa réaction au journal.

— Pas question ! Je connais vos habitudes. Une minute trente à tout casser, coincée entre Robert Hue et Dominique Voynet, non merci. Je ne m'attendais pas à cela de votre part, monsieur Mano. Cela augure mal de la campagne présidentielle. Nous sommes en plein renouveau et le scrutin est loin d'être joué. Vous avez tort, à France 2, de nous snober.

— Mais nous ne vous snobons pas ! Vous étiez

encore l'invité de l' « Heure de Vérité » il y a quinze jours.

— Ce n'est pas pareil. Il s'agissait d'un vaste tour d'horizon. Cette fois-ci, je vous parle d'une urgence. Je vous propose de créer une actualité.

— Créer, créer...

— Parfaitement. L'exclusivité de la réaction de Michel Rocard, vous n'allez pas me dire que ce n'est pas un scoop ?

— C'est-à-dire...

— Bien, je vois que décidément vous êtes balladurisés. Je vais appeler TF 1. Eux, au moins, ils sauront être reconnaissants.

— C'est cela. Appelez donc Carreyrou. Vous étiez bien au PSU ensemble. Il peut vous rendre ce service. Et puisque vous m'avez parlé de mon passé politique, sachez qu'il ne m'empêche pas de faire mon métier honnêtement. Tout le monde ne peut pas en dire autant.

Furieux, le numéro deux du PS raccroche sans un mot. En se reprochant de ne pas avoir plutôt fait monter au feu Carcassonne, ou même Rocard directement. Mano se frotte les mains. Que l'ancien Premier ministre aille sur TF 1 ne le gêne pas. Les hommes politiques, quand ils ne sont pas dans l'actualité brûlante, ont tendance à « plomber » l'audience. Cela permettra au 20 heures de France 2 de grignoter quelques points de son éternel retard sur son rival.

Paris, Hôtel de Ville, 19 h 57

Peu de chefs d'État peuvent se vanter de disposer d'un bureau aussi vaste et d'un palais aussi majestueux que le maire de Paris. Depuis sa conquête de l'Hôtel de Ville, en 1977, ce décor ne suffit pas à Jacques Chirac. La course au pouvoir qu'il a engagée il y a plus d'un quart de siècle ne s'achèvera pas aussi longtemps qu'une marche du cursus des honneurs restera à gravir. Avec le temps, l'homme s'est modifié. Les échecs, plus encore que les succès, ont contribué à le façonner, à l'apaiser. À l'avidité initiale a succédé une forme de bonhomie. Écoutant sans doute moins son entourage et ses pairs, Jacques Chirac s'entend mieux et donc a entrepris de se réconcilier avec lui-même.

Assis devant l'immense cheminée de marbre, le visage bruni par le soleil des îles d'où il est revenu le matin même, il fait face à Charles Pasqua, visiteur inattendu de cette fin de journée. Lorsque Maurice Ulrich l'a prévenu que le ministre de l'Intérieur tenait à le rencontrer toutes affaires cessantes, le maire de Paris s'est étonné. Au fur et à mesure que se déroulait cette nouvelle période de cohabitation, ses contacts avec les membres du gouvernement se sont espacés, sont devenus formels, si l'on excepte Jacques Toubon, Alain Juppé, Lucette Michaux-Chevry et Roger Romani, son Corse de Tunis qu'il a chargé, avec Tiberi, son Corse de Paris, d'enquêter discrètement pour son compte sur la disparition de Philippe Léotard.

Déjà, lors du référendum de ratification du traité de Maastricht, il en avait voulu à Édouard Balladur de l'avoir séparé de Séguin et de Pasqua. Et encore, Séguin, avec son mauvais caractère, il aurait pu comprendre, mais Pasqua, le vieux grognard, le fidèle des premiers jours lorsque, à la hussarde, il avait fallu conquérir le parti gaulliste au nez et à la barbe des « barons » historiques ! Pasqua, qu'en dépit des demandes pressantes de son épouse Bernadette il avait refusé de sacrifier après l'impair de l' « appel de Cochin » lancé dans les jambes de Valéry Giscard d'Estaing mais qui avait fonctionné comme un boomerang. Pasqua qui, dans les combines les plus indéfendables, ne s'était éloigné des instances dirigeantes que pour un bref exil en 1979 mais avait conservé sa confiance et son estime. Et c'était à nouveau Balladur, comme chef du gouvernement cette fois, qui se dressait entre Charles et lui, et tentait de rallier le faiseur de rois du parti gaulliste.

Jacques Chirac souffre de ce divorce. Politiquement et affectivement. Il se sent plus à l'aise avec Charles et Philippe dans la convivialité des meetings et des réunions militantes qu'aux côtés d'Édouard. Leur populisme lui convient mieux que le style guindé du Premier ministre. Aussi est-ce avec émotion qu'il retrouve ce soir le compagnon de tant de combats.

— Tu sais, Charles, je suis heureux que tu sois venu. Nous avons encore tant à faire ensemble.

Pasqua regarde le maire de Paris sans répondre. Il connaît son sentimentalisme et sait en jouer à l'occasion. Il n'est pas venu s'épancher mais abattre une carte dans ces parties complexes qu'il se plaît à embrouiller toujours davantage, au risque de s'y perdre parfois.

La déclaration de Jacques Delors en fin de matinée à Bruxelles ne peut demeurer sans réponse. Au prétexte qu'un groupuscule d'extrémistes corses réclame une indépendance mythique, voilà le président de la Commission européenne qui prétend supplanter le gouvernement français et se poser en interlocuteur, pire, en médiateur ! Et ce, alors que la vie d'un otage est en cause. L'affront doit être vengé.

Dès qu'il a eu connaissance de l'initiative de Jacques Delors, Charles Pasqua a téléphoné au Premier ministre pour réclamer une réplique foudroyante, d'énergiques mesures de rétorsion, le rappel en consultation de Pierre de Boissieu, l'ambassadeur français auprès de la Communauté. Comme à son habitude, Édouard Balladur a écouté en silence puis a différé sa décision. « Nous devons prendre le temps de la réflexion, Charles, a-t-il répondu à son bouillant ministre de l'Intérieur. Pour ma part, je ne pense pas que le rappel de notre ambassadeur soit très convenable. Nous verrons ce qu'en pensent Juppé et Lamassoure. »

Charles Pasqua n'a rongé son frein que peu de temps. Il pense que la politique relève davantage de l'intuition que de quelque savante scolastique. Or il sent, il sait qu'un coup est à jouer. Tout de suite, dans la journée. Pas au lendemain des fêtes par le biais d'une petite phrase glissée dans un message de vœux, comme le conçoit sans doute le chef du gouvernement. Puisque la politique, comme la nature, a horreur du vide, Charles Pasqua va le remplir et se poser du même coup en héraut des valeurs françaises.

En réfléchissant à son coup de poker, le ministre de l'Intérieur cherche à améliorer le scénario. Bien entendu, il double le Premier ministre et paraît lui faire la leçon. Le risque est minime. Édouard Balladur, déjà en porte-à-faux avec le RPR depuis les déclarations d'amour de Simone Veil et de François Léotard, ne peut se priver de Charles Pasqua. Il avalera donc la couleuvre.

L'idéal consisterait à piéger également Jacques Chirac. D'où l'idée de le rencontrer avant de s'exprimer, de manière à paraître, là encore, trancher sur la frilosité des premiers rôles.

Ravi de sa combinaison, Charles Pasqua est passé à l'acte. Il vient d'expliquer au maire de Paris tout le mal qu'il pense des initiatives de Jacques Delors et de la nécessité pour les gaullistes d'agir. Jacques Chirac a promis de le faire. Il téléphonera à Jean-Louis Debré pour lui dire de monter au créneau. « Très bien », a répondu Pasqua en réprimant un sourire. Le maire de Paris a paru ne rien remarquer.

— Excuse-moi, Jacques, mais il faut que j'y aille, à présent. Ma journée n'est pas terminée.

— J'imagine. En ce moment, avec les événements, tu ne dois pas dormir beaucoup.

— C'est le service de la République, n'est-ce pas ? Bien. Merci de m'avoir reçu dès ce soir. Je compte sur toi pour que nous ne laissions pas sans réponse ce catho de gauche apatride. Allez, au revoir.

— Je te raccompagne.

Surpris, le ministre de l'Intérieur s'arrête sur le

seuil du bureau. Il n'avait pas prévu ce détail. Le maire de Paris agit-il par affection naïve ou calcul retors ? Il est peu probable qu'il sache que la télévision attend dans la cour. Elle n'a dû arriver qu'après le début de l'entretien entre les deux hommes. C'est du moins ce que Charles Pasqua avait expressément demandé à ses collaborateurs, en échange d'une déclaration fracassante, en direct, dans le journal.

Alertés par Jean-Marie de Morand, Geneviève Galey sur la Une et François Ponchelet pour la Deux avaient certes saisi la balle au bond, mais un direct ne s'improvise pas, même au cœur de la capitale. Et si les voitures HF s'étaient faites discrètes avant l'arrivée du ministre de l'Intérieur chez Jacques Chirac, les dispositions prises par les techniciens n'avaient pas échappé aux services de sécurité de l'Hôtel de Ville qui, en se renseignant auprès du service de presse du maire, avaient permis, de proche en proche, de donner l'alerte et de prévenir la plus proche collaboratrice du maire, sa fille Claude. Le président du RPR a donc compris qu'un coup à la Pasqua était en cours d'exécution, dont il constituait l'un des éléments. Depuis son entretien avec le ministre de l'Intérieur, il croit avoir percé ses intentions. Aussitôt, il a improvisé sa riposte. Puisque Charles veut se poser, face à l'opinion, en parangon du gaullisme, il va lui emboîter le pas, le suivre jusqu'à cette caméra trop opportunément mobilisée de manière à tenir jusqu'au bout le rôle de statue du Commandeur. Si l'occasion s'en présente, il saura placer les quelques phrases susceptibles de maintenir la hiérarchie politique telle qu'elle doit être.

En descendant le monumental escalier de pierre de l'Hôtel de Ville, une marche devant le maire, Charles Pasqua tente de s'adapter à la nouvelle situation. Doit-il maintenir son projet initial ou faut-il au contraire lancer quelques banalités dans le micro en paraissant s'étonner de l'importance soudain donnée à un rendez-vous de routine ? Les gens de la télévision seraient à bon droit furieux mais ils se calmeraient. Ainsi va la vie. Hésitant et agacé, Charles Pasqua a l'impression que, dans son dos, Jacques Chirac chantonne *Ma Cabane au Canada.*

Vendredi 30 décembre

Serra-di-Scopamène, 12 h 15

Un rayon de soleil caresse Philippe Léotard qui emmagasine la timide chaleur comme un lézard sur son rocher. Il en oublie que depuis une semaine il n'a pas changé de vêtements et n'a pu se laver. Paradoxalement, il goûte la lumière les yeux fermés. Ses geôliers l'ont autorisé à venir s'installer sur le seuil de la bergerie, comme chaque jour désormais à l'heure de l'apéritif. Une certaine convivialité s'est créée entre le prisonnier et ses gardiens, qui n'est toutefois pas allée jusqu'à leur faire renoncer aux cagoules. Seul l'homme au bonnet de chat offre figure humaine. En raison de cet accoutrement, Philoutard l'a surnommé *Berrétta.* Ils ont pris l'habitude de trinquer ainsi chaque jour en partageant une polenta accompagnée de *figatelli* ou de *brocciu.* Le comédien subit sans broncher les longues diatribes contre le colonialisme français et la nécessité de restaurer les cultures minoritaires dans le cadre d'une Europe fédérale. Surtout une Europe à seize dès après-demain. Il a cessé d'argumenter sur ce point. En revanche, lorsqu'il a tenté de lancer son interlocuteur sur la future campagne présidentielle, c'est le Corse qui s'est tu. À l'évidence, cette échéance n'entre pas dans son calendrier.

— Mais si Delors était candidat, a insisté Philippe Léotard. Il est pour une Europe fédérale, lui.

— Bof ! Il serait, lui aussi, prisonnier des technocrates parisiens. Nous ne pouvons espérer le salut que de la lutte et certainement pas de tous ces socialistes : Delors, Mitterrand et consorts...

— Oh ! vous savez, je fais semblant d'être socialiste mais je suis royaliste. Par fidélité à mon frère. Et quand je regarde François Mitterrand, je me dis que ce n'est pas incompatible !

L'échange politique n'étant guère possible, Philoutard et Berrétta, communient dans une passion commune : la chanson. Le Corse enseigne avec une patience inattendue les chants du pays à son prisonnier. Les airs traditionnels comme les chansons actuelles, interprétées *a cappella* par des groupes de plus en plus nombreux, constituent l'un des ferments de la pensée autonomiste. Philoutard se demande si, l'aventure terminée, il n'enregistrera pas un disque à la manière de Renaud avec les chansons ch'timis au lendemain du tournage de *Germinal.* L'acteur est tombé amoureux d'une très vieille berceuse qu'il s'est appliqué à retranscrire ; il veut l'apprendre par cœur pour la chanter à Faustine. Demain ? Bientôt, en tout cas. Le comédien vit son aventure avec curiosité. Il ne cherche ni à s'évader, ni à se rebeller. Au contraire, il s'est efforcé de nouer des contacts, une relation personnelle. Sans succès jusqu'alors. À l'exception de Berrétta, leur chef présumé, les autres militants sont demeurés muets.

Au cours des longues heures passées dans la solitude de son réduit, Philippe Léotard a deviné que les indépendantistes qui le retiennent écoutent un transistor, mais ils prennent soin de régler le son de manière qu'il n'entende rien. Si parfois des bribes de musique parviennent jusqu'à ses oreilles, à chaque flash d'information, à chaque journal, le son s'évanouit. Il n'a donc pas la moindre idée de l'écho de sa disparition, à plus forte raison de l'ampleur des moyens mis en œuvre pour le retrouver.

Étendu sur le sol de la bergerie, Philoutard capte le plus petit rayon du pâle soleil de décembre en chantonnant :

« *Dórmi per pena in lu tó viculelhe*
Ch'ió faci cóce le bùcchie a lu purcellu
Da ch'ellu sia in Natale u spavécchiu di u lucàle...
Ninni Nanna le mí speranze
Tralalala[1]... »

Une larme perle à la paupière de l'acteur. Il ne se console pas de ce Noël perdu, de ce Noël loin de ses deux femmes, de ses deux amours venus si tard dans

1. Dors un moment dans ton petit berceau
Pour que je fasse cuire les épluchures du cochon
Afin qu'il ne soit pas, à Noël, l'épouvantail de la localité...
Ninni, Nanna, mon espérance
Tralalala...

sa vie. Il n'avait donc pas le droit de perdre du temps, ce bien précieux que des Corses inconscients lui ravissaient.

Berrétta a tourné la tête vers le fond de la vallée pour ne pas voir le reproche qui coule le long de la joue de Philoutard. Il s'est pris d'affection pour ce compagnon d'apéritif dont il goûte la culture éclectique. Il appréhende le jour prochain où il se retrouvera seul avec ses compagnons qui ne parlent que chèvres, armes ou football.

Paris, rue de Varenne, 13 h 40

Nicolas Bazire a rejoint Édouard Balladur dans la salle à manger du premier étage de l'hôtel Matignon. Le Premier ministre termine un repas frugal avec son ami Charles de Croisset et a convié son directeur de cabinet à les rejoindre à l'heure du café. Tout en grignotant, le chef du gouvernement a relu et annoté le projet d'allocution préparé par son cabinet. Sur les conseils du journaliste Bernard Brigouleix, il s'est décidé à s'adresser au pays d'une manière moins informelle qu'une interview au cours d'un journal télévisé et moins contraignante qu'une communication officielle du gouvernement. Il fera une brève déclaration dans la grande salle de réunion du rez-de-chaussée. Libre à chaque chaîne de la reprendre totalement ou non. Il n'est pas prévu de répondre ensuite aux journalistes.

Si le texte est suffisamment bref et percutant, Nicolas Bazire est convaincu que les radios et les télévisions le diffuseront dans son intégralité. Le Premier ministre obtiendra ainsi le même résultat qu'avec une communication officielle sans devoir en subir les inconvénients, c'est-à-dire un débat politicien avec l'opposition.

Édouard Balladur rend les feuillets dactylographiés à son directeur de cabinet :

— Ce n'est pas mal, mais il faut encore resserrer. J'ai coupé quelques paragraphes mais les liaisons sont dès lors insuffisantes. Il faut reprendre le texte.

Nicolas Bazire récupère le document sans un mot. Le Premier ministre lui sourit d'un air las :

— Dites-moi, mon petit Nicolas, vous semblez soucieux.

— Je viens de faire le point avec l'Intérieur, monsieur le Premier ministre. Nous avons peut-être une piste en ce qui concerne le frère de Léotard.

— Très bien, de quoi s'agit-il ?

— Comme vous le savez, des poseurs de pétards ont été interceptés sur l'autoroute dans les Pyrénées-Atlantiques après l'attentat contre Alain Lamassoure. Il s'agissait de jeunes Basques qui n'ont aucun rapport avec Iparretarrak. Ils avaient été repérés par la gendarmerie en raison d'un excès de vitesse et le véhicule s'est révélé volé. C'est le même qui avait servi mardi matin devant le ministère de la Défense. L'enquête a été poussée. Il est probable que la plupart des attentats ont la même origine. Ils disent agir au nom des minorités culturelles, c'est ce qui a mis la puce à l'oreille de Charles Pasqua. Un de ses informateurs, un berger si j'ai bien compris, lui a signalé des contacts entre certains insulaires et des réseaux basques, bretons et peut-être islamisants, ce que j'ai plus de mal à croire. Il semble, d'après l'Intérieur, que la piste soit sérieuse. Pasqua voudrait utiliser la troupe pour ratisser le maquis dans la région de Sartène. J'ai promis une réponse rapide. Bien évidemment, François Léotard est d'accord. *Idem* pour leur ami Jean Baggioni, le président du Conseil exécutif corse.

Édouard Balladur a reposé sa tasse sans que le moindre bruit se fasse entendre. L'éducation est un long apprentissage. Il paraît songeur. Nicolas Bazire est habitué à ces silences précédant la décision, il attend.

— Charles Pasqua me semble décidément très bien informé, conclut, rêveur, le Premier ministre. Je n'aime pas ces pseudo-attentats qui seraient l'œuvre d'amateurs. Ils n'ont guère comme résultat que de faire grimper la cote de popularité de notre ministre de l'Intérieur. Qu'en pensez-vous, Nicolas ?

Le directeur de cabinet est toujours séduit par la capacité de son patron à raisonner un coup au-delà de la partie engagée. Il sait qu'Édouard Balladur n'attend pas de réponse à sa question. Elle n'a que ponctué une méditation.

— Il va falloir infléchir notre allocution, Nicolas. Il convient de dédramatiser. Le sang n'a pas coulé, donc, limitons les effets. Je ne voudrais pas laisser tel ou tel tirer la couverture à lui. Le seul point qui me gêne c'est que Philippe Léotard soit toujours détenu. L'existence d'un otage rappelle de mauvais souvenirs au pays. Croyez-vous qu'il faille maintenir cette allocution ?

Nicolas Bazire vacille. Il imagine déjà l'effet médiatique désastreux d'une annulation. Rien n'est pire, explique-t-il, que de remettre en cause un calendrier annoncé. Il faut parler à présent, coûte que coûte.

— Soit, soupire Édouard Balladur.

Combien de fois Nicolas Bazire a-t-il trouvé ce terme écrit en marge des notes du cabinet que le Premier ministre lui retourne ! À ses collaborateurs qui l'interrogent sur la signification de ces quatre lettres, Nicolas Bazire affirme qu'elles équivalent à oui. En réalité, il sait qu'elles veulent dire : si vous le pensez allez-y mais je me réserve le droit de vous désavouer en cas d'incident.

Le directeur de cabinet se lève et se prépare à quitter la salle à manger en emportant le projet d'allocution lorsque, d'un signe, Édouard Balladur l'invite à demeurer assis.

— L'important dans mes propos de ce soir c'est moins la Corse et les attentats que le petit jeu auquel se livrent Delors, Pasqua et Chirac. Ces messieurs me semblent anticiper sur la campagne présidentielle. Je ne peux pas laisser à nos amis du RPR le monopole de la défense de la République et de son unité. Il faut que je remette à sa place le président de la Commission de Bruxelles. Voilà le véritable axe de mon intervention, Nicolas. Je dois profiter du silence du Président et apparaître comme le véritable garant des institutions. Vous saisissez la nuance, bien sûr. J'aimerais que vous veilliez particulièrement à la rédaction. C'est très important.

— Très bien, monsieur le Premier ministre, je m'en charge. Et pour le ratissage du maquis, que dois-je répondre à la Défense et à l'Intérieur ?

— Je ne peux pas refuser, n'est-ce pas ? Puisqu'ils tiennent à ces gesticulations, qu'ils le fassent. Mais, par pitié, avec modération. Je ne veux pas que nous donnions l'impression que le pays est en état de siège. Je compte sur vous.

Nicolas Bazire se lève pour de bon et, d'une inclinaison de tête, marque qu'il a compris la consigne.

Épinal, 22 heures

Le président de l'Assemblée nationale ronronne. Il a regardé le Premier ministre à la télévision et s'est ensuite plongé dans un joli livre que vient de lui offrir malicieusement sa femme pour Noël. Elle a déniché une œuvre peu connue du début XIXe, *Édouard,* de Mme de Duras.

« Édouard gardait toujours sur lui-même ce silence qui m'avait longtemps affligé ; mais chaque jour diminuait ma curiosité, et maintenant je craignais bien plus de l'affliger que je ne désirais le connaître. Je le connaissais assez ; jamais un cœur plus noble, une âme plus élevée, un caractère plus aimable, ne s'étaient montrés à moi. L'élégance de ses manières et de son langage montrait qu'il avait vécu dans la meilleure compagnie. Le bon goût forme entre ceux qui le possèdent une sorte de lien qu'on ne saurait définir. Je ne pouvais concevoir pourquoi je n'avais jamais rencontré Édouard tant il paraissait appartenir à la société où j'avais passé ma vie. »

Philippe Séguin boit du petit-lait. Voilà une femme

qui savait décrire les hommes ! Cet Édouard, est-ce bien celui qu'il vient d'entendre il y a deux heures dans les étranges lucarnes ? En apparence, oui. Cette exquise urbanité, ce regard matois pour mieux apprivoiser et, au besoin, briser... Pourquoi ce « bon goût-là » n'avait-il jamais vraiment rencontré le sien ? Parce qu'un jour d'agacement, quelques semaines après son arrivée à Matignon, le Premier ministre avait dédaigneusement accueilli le « Munich social » dont l'accusait le maire d'Épinal ? « C'est de la politique », avait-il répondu. Philippe Séguin n'avait rien dit mais s'était promis vengeance. Le temps jouait pour lui. De toute façon, comme tous les quinquagénaires de l'échiquier, il avait décidé de passer cette fois son tour pour la présidentielle. Mais il faudrait compter sur lui en 2002 ou avant...

Et pourquoi donc, Édouard battu froid, ne s'était-il pas précipité dans les bras de Jacques ? « C'est un danger et un grand malheur que la passion dans l'appréciation des choses de la vie, même quand les principes les plus purs et la raison la plus saine sont vos guides », aurait répondu à sa place Mme de Duras. Il se trouve en fait qu'à l'automne 93, le maire de Paris avait été d'une insigne maladresse aux assises du RPR de Strasbourg, en qualifiant Alain Juppé de « meilleur d'entre nous ». Son voisin de premier rang, Philippe Séguin, avait très modérément apprécié et, quelques mois plus tard, s'était dit que, décidément, il n'avait pas apprécié du tout. Ce soir, il se trouve soudain des affinités avec le personnage qu'il découvre chez la romancière et s'imagine observé par l'homme qui lui fit affront : « Il est singulièrement doux de se sentir à son aise avec des personnes qui vous sont supérieures. On n'y est point, si l'on éprouve le sentiment de son infériorité ; on n'y est pas non plus en apercevant qu'on l'a perdu : mais on y est, si elles vous le font oublier. »

Le député-maire d'Épinal se lèche les babines. Il aime infiniment la politique. Il va laisser Édouard et Jacques s'entre-déchirer. Il se laissera ensuite courtiser. « Choisis, Édouard ! ose choisir le bonheur. Ah ! ne le refuse pas ! Crois-tu n'être responsable de ton choix qu'à toi seul ? Hélas, ne vois-tu pas que notre vie tient au même fil ? »

Son livre se termine. Soir 3 aussi, qui vient de résumer les principaux passages de l'intervention du Premier ministre. Philippe Séguin éteint son poste et va se coucher. Il dormira ce soir du sommeil du juste. Demain, le rideau se lèvera sur le dernier acte de la tragicomédie.

Samedi 31 décembre

Serra-di-Scopamène, 7 heures

L'adjudant-chef Dominique Matteoli renfile ses gants en maugréant. Ils sont fous, à l'état-major, de prétendre commencer le ratissage d'aussi bonne heure. On voit bien qu'ils ne connaissent pas la Corse. Sous prétexte que le soleil s'y lève une demi-heure plus tôt qu'à Paris, on les a mis sur le terrain à six heures, en pleine obscurité. Que d'énergie perdue ! À quoi sert d'envoyer des enfants du pays si la conception d'ensemble de l'opération est erronée ? Il y a une heure que les hommes du 21e régiment d'infanterie de marine attendent dans les camions. Il a décidé de les déployer pour les réchauffer. Mais il est sans illusion. Il faudra attendre trois bons quarts d'heure avant de distinguer une silhouette dans le maquis. On n'y voit goutte. Même équipées de puissantes lampes-torches, ses sections pourraient passer à deux pas d'éventuels suspects sans les remarquer. Et il fait un froid de canard. Cette longue attente à l'abri d'un chemin creux n'a certainement pas été idéale pour la discrétion. Toute l'île doit déjà être au courant de l'opération et les cibles prévenues depuis belle lurette. Comment faire autrement ?

Les gendarmes se chargent de frapper aux maisons et de les visiter, des greniers aux caves. Les petits bourgs n'y échappent pas. Ce matin, ce sont Sorbollano et Zérubia qui vont être passés au peigne fin. Un groupe de gendarmes fouinera en outre autour du Castello de Cucuruzzu. La troupe, pour sa part, a été mobilisée afin de battre la campagne, moins sans doute dans l'espoir de trouver que pour inquiéter les ravisseurs et les contraindre à se déplacer, donc à prendre des risques. La routine. L'adjudant-chef Matteoli se dit que l'exercice vaudra manœuvre pour les hommes du 21e Rima, avec les permissions qui devraient en découler. Il est pressé de regagner Fréjus, son Bar du Midi et le sourire de Nanette.

Dans sa bergerie, Philippe Léotard ne dort pas. Il somnole trop durant la journée pour parvenir à faire sa nuit. Il vient d'être réveillé par une agitation silencieuse qu'il sent autour de lui. Comme si ses geôliers s'affairaient, de l'autre côté du mur. Il ressent une tension sans en apercevoir ni l'origine ni les manifestations. Bien qu'il ait demandé une source de lumière, ses gardiens n'ont accepté de ne lui céder qu'une boîte d'allumettes et une vieille bougie en bout de course. Eux-mêmes s'éclairent à la lampe-tempête mais disposent de quelques puissantes torches dont ils semblent faire un usage précautionneux.

Ignorant tout de l'endroit où il se trouve, Philippe Léotard en a néanmoins conclu que la lumière risquait de signaler leur retraite. Il s'est assis sur sa paillasse, aux aguets, cherchant à comprendre. Les faibles bruits qui l'avaient tiré de l'assoupissement se sont dissipés. Un silence oppressant leur a succédé. Philoutard frissonne. Est-ce le froid ? Est-ce la peur ? Il jette la couverture militaire sur ses épaules comme une cape et pousse doucement la porte de son réduit. Elle s'ouvre en grinçant de manière lugubre. Curieux ; d'ordinaire, ses gardiens poussent le verrou.

La cire chaude de la bougie qu'il élève de la main droite coule sur les doigts du comédien et la légère brûlure le fait grimacer. Il scrute désespérément les ténèbres et se décide à crier : « Il y a quelqu'un ? » Nul écho ne lui répond. Sa voix, il est vrai, n'a guère porté. Philoutard tousse une fois ou deux et lance à nouveau son appel, de manière plus ferme. Toujours aucune réponse.

Abritant d'une main la fragile flamme de sa bougie, l'acteur se dirige vers la sortie et s'avance sur le seuil de la bergerie. Aucune ombre ne se dresse pour l'arrêter. Il se retourne et détaille l'intérieur de la bergerie. Il réalise que le campement sommaire dressé par ses ravisseurs a disparu. Tout leur barda s'est envolé. Et eux avec, semble-t-il. Un seul petit mot d'adieu : « On t'aimait bien. Vive la Corse libre ! » En français.

Interloqué, Philoutard s'inquiète. Il se sentait plus rassuré par son entourage de cagoules que seul, la nuit, perdu au beau milieu de la montagne corse. Il décide de s'asseoir et d'attendre que le jour se lève avant de prendre une décision. Il plante sa bougie sur une pierre faisant saillie, resserre la couverture autour de ses épaules et entonne un *lamentù* pour se donner du courage. Il se souvient de son premier film, il y a un quart de siècle : *Domicile conjugal.* Il veut retrouver Emmanuelle.

Le temps passe sans que l'acteur en ait conscience. Les yeux rivés sur la vallée qu'il a si souvent contemplée lors de sa quotidienne promenade apéritive, il lui semble que l'obscurité diminue. Il croit distinguer en contrebas, très loin, quelques lueurs : un village sans doute. Doit-il se lever, partir vers elles ? Philoutard se concentre sur ces éclairs intermittents. Il a l'impression qu'ils se déplacent. Il ne s'agirait donc pas d'un village. Une troupe de bergers ? Ses ravisseurs ? Philippe Léotard peste contre sa vue qui le trahit. Il se sent infirme.

Les hommes de l'adjudant-chef Matteoli se trouvent beaucoup plus près de la bergerie que le comédien ne l'imagine. Ils piquent même droit sur elle, en se déployant en éventail, depuis que les jumelles à infrarouge ont repéré la faible lueur de la bougie. Les torches trouent la nuit et ce sont elles que Philoutard vient d'apercevoir. Bientôt, leur faisceau caresse les vieilles pierres empilées. Les soldats se sont arrêtés, prudents. Dominique Matteoli a récupéré un mégaphone et s'époumone : « Holà ! Identifiez-vous ! Sortez les mains en l'air ! »

Philippe Léotard s'est levé, il avance en direction

de la voix, les mains haut dressées au-dessus de la tête. Il rit et pleure à la fois, se met à courir en hurlant : « C'est moi ! C'est moi. » Si un soldat ne l'avait acrobatiquement rattrapé, c'est à plat ventre qu'il se serait présenté devant les hommes du 21e Rima.

Dominique Matteoli braque sa torche sur l'homme qui menaçait de s'effondrer à ses pieds et reconnaît le disparu de La Cigale. Le réflexe professionnel est immédiat, il consulte sa montre : sept heures quarante-six. Un sourire éclaire le visage de l'adjudant-chef. Sa découverte coïncide avec l'heure officielle du lever du soleil. À en croire l'état-major ils devraient être en battue depuis déjà deux heures !

— Y a-t-il encore quelqu'un là-haut ? interroge le militaire après avoir réconforté l'otage.

— Je ne crois pas. Ils se sont envolés. Vous avez dû leur faire peur.

— Venez avec nous, on va fouiller. Et vous, sergent, joignez la gendarmerie par radio et guidez-les jusqu'à nous. Mais prévenez d'abord l'état-major. Il faudrait boucler le secteur. Si ce n'est pas trop tard.

Paris, rue du Faubourg-Saint-Honoré, 8 h 50

François Mitterrand est rentré d'Égypte tard dans la nuit. Comme chaque année, il a passé quelques jours au bord du Nil en visite privée, laissant sa famille à Paris ou à Latché. En dépit de la fatigue, il s'est imposé une double entorse à ses habitudes. Une présence à l'Élysée un samedi et un horaire bien matinal pour lui. De quoi faire jaser la garde et la

Cour. Le Président n'a pas le choix. Sa journée sera longue et capitale.

Il lui faut d'abord sacrifier au traditionnel enregistrement des vœux de fin d'année. Il sait qu'on les guettera avec gourmandise. Le texte a été soigneusement écrit dans l'avion du retour. Sa collaboratrice Christine Cottin l'a transmis à Marie-Claire Papegaye, la secrétaire du Président, qui le transformera en un court rouleau de papier d'une dizaine de centimètres destiné au téléprompteur, cet appareil qui vous permet de regarder la France droit dans les yeux. La secrétaire l'actionnera électriquement, ralentissant ou accélérant au rythme du verbe présidentiel. La caméra affublée du prompteur zoomera progressivement sur le chef de l'État pour terminer en gros plan lors des paroles finales rituelles : « Vive la République. Vive la France. »

De l'autre côté de l'Élysée, façade Marigny, un gros car de la SFP attend déjà, prêt à recueillir le précieux enregistrement. Cette fois-ci, on fera très attention. Au début de l'année, lors de l'intervention de l'OTAN en Bosnie, le propos présidentiel fut précédé d'un fâcheux avertissement : « C'était une allocution du président de la République française. » Par bonheur, sur TF1, le présentateur avait, en parlant, « mangé » sur les dix secondes du panneau fatal qui s'était affiché au quatrième top de l'horloge parlante. Sur la Deux, où l'on avait respecté le chronomètre, la mention était apparue sur l'écran. Il avait fallu faire vite pour qu'à la fin de l'allocution ne survienne pas l'interversion :

« Allocution de M. François Mitterrand, président de la République française. »

Il fut un temps où des responsables de l'ORTF se retrouvaient au placard pour moins que cela. Il y a une douzaine d'années, Pierre Desgraupes, Pierre Lescure et Albert du Roy sentirent le vent du boulet pour avoir mal apprécié la profondeur de la cuvette de Latché et ne pas avoir dépêché à temps la grue qui s'imposait pour relayer la parole divine...

C'est dire si, à la télévision, on craint toujours ces erreurs de manipulation vite transformées en sabotages. TF1 a donc dépêché Jean-Pierre Atlan et France 2 Simon Drai, tous les deux chargés de l'interface technique des rapports avec la présidence de la République, lors notamment des déplacements et des allocutions du chef de l'État. Cette année, la deuxième chaîne est « maître d'œuvre ». C'est son réalisateur Alexandre Tarta qui se chargera de filmer le Président et de ne diffuser la cassette qu'à vingt heures précises. Très souvent, de tels enregistrements sont distribués dans l'après-midi aux rédactions des journaux télévisés, pour permettre aux chroniqueurs de peaufiner avec un peu d'avance leurs commentaires, tout en respectant scrupuleusement l'embargo.

Cette année, le porte-parole de la Présidence, Jean Musitelli, a jugé qu'on ne pouvait se permettre le moindre risque. Il ne fait pas — encore ? — partie de la volée de moineaux qui s'enfuient à tire-d'aile du Château, sentant venir l'hiver, loin du Roi dont le soleil pâlit. C'était devenu une habitude de la République. Les vassaux abandonnaient leur suzerain avant terme pour se recaser honorablement pendant qu'il en était encore temps. Après, il serait trop tard pour bénéficier du coup de pouce présidentiel. Dans les années 60 et 70, les rats ne quittaient pas si vite le navire ; l'honneur des équipiers était de rester aussi longtemps que le capitaine...

François Mitterrand sait tout cela, l'encourage parfois, par faiblesse ou plutôt par conscience de celle des autres, et se bat pied à pied avec le Premier ministre pour le reclassement du moindre de ses collaborateurs. Fidélité, disent les uns, népotisme, répondent les autres. L'Élysée commence à ressembler au palais de la Belle au Bois Dormant. Le suicide de François de Grossouvre a donné le coup de grâce à ce monde finissant, guettant du coin de l'œil l'éventuel signal qui le remettrait en piste, si, par hasard, dans son allocution, le Président annonce qu'il briguera un troisième mandat.

En attendant de répondre à leurs fiévreuses interrogations — l'enregistrement est prévu pour midi —, François Mitterrand, pas fâché de voir chacun s'agiter une dernière fois dans sa marinade, a à cœur de préparer le rendez-vous qui l'attend.

Paris, pont Alexandre-III, 8 h 55

François Léotard a voulu se rendre à pied à l'Élysée. Sans le moindre garde du corps. Depuis l'enlèvement de son frère, ses nuits sont sans sommeil. Il se reproche ses silences, ses distances. Il l'a pourtant toujours aimé très fort, cet aîné-là. Et n'a jamais été aussi fier de lui que le soir de son César pour *La Balance*, ou lorsqu'il se promenait dans Paris avec son manuscrit en attente d'éditeur : *Portrait de l'artiste au nez rouge*. Philippe écrivait comme François aurait, à l'époque, aimé pouvoir le faire. Il s'était débarrassé de chaînes que son frère s'était imposées avec constance et masochisme. « Le plus libre de nous deux, c'est lui », disait-il. C'était au moment où François n'avait pas encore choisi la politique comme sacerdoce, où il ne rêvait que de fuites et d'abandons, et où les autres le considéraient, pour cette raison, comme quantité négligeable.

Il a remonté la rue Saint-Dominique, puis l'esplanade des Invalides. Derrière lui, le dôme et cet hôtel qu'un moment François Mitterrand rêva d'habiter pour y installer la présidence de la République. La perspective convenait bien mais le voisinage du tombeau de l'Empereur pouvait prêter à commentaires.

Ah, le petit Corse... Les origines du ministre de la Défense cognent au carreau. Il se souvient des premières lignes de son *Adresse au président des Républiques françaises* où il parle avec fierté de son grand-père corse : « Barbe blanche, costume noir, taillole rouge, il régnait sur nous — les garçons —, s'arrêtant aux portes des églises, planté parfois dans ma mémoire comme un conquérant, l'orgueil aux yeux, loin de la mer d'où viennent tous les dangers. Nous sommes de la montagne. Les mules ont gardé tous les secrets dans les villages, entre les pierres des chemins et les silences enfermés. »

C'est d'un pas rageur que François Léotard traverse le pont Alexandre-III et s'engage entre le Grand et le Petit Palais. L'homme qu'il va voir l'irrite et le fascine. Il ne sait rien de son île et a pourtant encouragé le projet de Pierre Joxe qui parlait du peuple corse. « Seront-ils plus libres, les Corses, lui avait-il dit à l'époque, entre le plasticage de cinq heures du matin, l'examen attentif de leurs quartiers d'hérédité et l'obsession de leur " corsitude " à chaque étape de leur vie sociale ? Et que deviendront-ils ces nouveaux " beurs " que nous sommes, au milieu de tous ces peuples ? Pour moi, un père d'un côté, une mère de l'autre, où est mon peuple, si ce n'est plus tout à fait la nation ? Oseriez-vous dire un père français, une mère corse ? N'avez-vous pas compris qu'à chaque fois que l'on brûle la voiture d'un continental, d'un *pinzutu*, dans la nuit d'Ajaccio, c'est une petite étoile jaune qui, quelque part dans notre affreuse mémoire, s'allume ?... Que pèseront demain les Corses, s'ils s'absentent de la nation qui les porte, s'ils enferment leurs querelles, loin de l'Europe " aux anciens parapets ", dans la solitude, le ressentiment, la culture du tragique qui fut longtemps le cœur le plus strict de leur identité ? »

François Léotard traverse les Champs-Élysées, longe les murs de l'Élysée avenue de Marigny, s'étonne de la présence du camion de la SFP, s'inquiète pour son frère et se demande pourquoi hier après-midi, de Louqsor, le Président lui a fixé ce rendez-vous.

Paris, rue du Faubourg-Saint-Honoré, 9 heures

Le chef de l'État reçoit avec prévenance le ministre de la Défense, lui répète chaleureusement ce qu'il lui a dit la veille au téléphone : « Je pense très fort à vous et à votre frère. Je suis l'enquête personnellement. Je me fais communiquer ses résultats heure par heure. Le silence de l'Élysée ne devrait pas inquiéter nos commentateurs attentionnés. M. Carreyrou, hier soir, après l'intervention du Premier ministre, a encore perdu une belle occasion de se taire. » Classique, attendu. Qui ne parlerait comme lui ? Et puis, est-ce en Égypte qu'on est le mieux informé ? Y reçoit-on les journaux télévisés français ? Ce n'est pas la raison pour laquelle il a convoqué son ministre.

François Mitterrand ne le dissimule pas plus longtemps : « Vous m'intriguez depuis longtemps, monsieur le ministre de la Défense. Il y a quatre ans, vous avez choisi de me blesser dans votre pamphlet. Dites-moi maintenant pourquoi... »

François Léotard n'a pas vu venir le coup. Depuis près de deux ans, il a un rendez-vous hebdomadaire, en tête à tête, chaque lundi, avec son supérieur, chef des Armées. Maintes fois ils ont emprunté des chemins de traverse, loin de la chose militaire, mais jamais ils n'avaient abordé le chapitre de ce manuscrit envoyé dans un moment de colère aux éditions Quai Voltaire au printemps 1991. Il n'était pas sûr que son véritable destinataire l'ait vraiment lu. Voulait-il lui parler aujourd'hui de sa charge contre le diviseur de la droite, de sa méconnaissance de la « République des petites gens qui n'ont même pas les moyens d'être socialistes », de ses mots assassins pour la gauche et l'argent, « gauche pharisienne, toujours au premier rang des offices, vêtue de lin rose et de bons sentiments... » ?

Non. Le Président veut lui parler de ses pages sur les défunts. Il le cite de mémoire. C'est que la mémoire est ici à vif.

— Si je vous parle de ces lignes imprudentes, c'est que je pourrais aujourd'hui vous les retourner. Sans doute d'ailleurs les avez-vous d'abord écrites pour vous. Lorsque vous aimez l'Italie, me dites-vous, ce n'est pas celle de Gide, ce n'est pas Taormina, c'est celle de Thomas Mann, c'est Venise. Lorsque vous aimez l'Égypte, ce n'est pas celle de Durrell, ce n'est pas Alexandrie, c'est Louqsor, c'est la vallée des Rois morts, c'est la monstrueuse profondeur, ce monde inversé du destin que le silence interroge et qui s'enterre...

« J'étais hier dans la vallée des Rois, monsieur le ministre de la Défense, je sais ce qu'elle m'apporte quand je l'arpente. Et vous ne savez pas. Pourquoi me parler de mes fugues dans ce que vous appelez des villes de mort, Venise et Thèbes ? Vous parlerai-je des vôtres ? Pourquoi faites-vous semblant de vous interroger et de m'interroger ? Est-ce la Mort qui vous fascine, ou l'Éternité, me demandez-vous ? Est-ce l'Histoire, ou l'Éternité ? C'est la Mort, et vous le savez bien. J'ai quelque raison de la craindre, à soixante-dix-huit ans. Tous mes amis tombent, les uns après les autres. J'ai l'obsession de leurs enterrements. Je pense au mien, vous ne pouvez l'ignorer.

J'attends l'œil mi-clos les impatiences de ceux qui m'entourent, qui vous entourent. Je connais leurs calculs médiocres. Je sais déjà qu'ils vont dépêcher leurs chiens pour décortiquer le moindre mot du bulletin de santé que va la semaine prochaine publier le Dr Gubler. Ils le font tous les six mois, depuis treize ans ! Je ne leur ferai aucun cadeau, jusqu'au bout. Je n'ai pas souvenir que vous ayez participé à cette curée. Moins que d'autres en tout cas. Pourquoi donc fouiller les recoins supposés d'une vie privée qui ne l'est jamais, vous le savez bien, quand on est un homme public ?

Le Président poursuit son monologue, ininterrompu, les yeux parfois fermés, sans paraître attendre la moindre réponse à ses interrogations. François Léotard regarde ce visage sculpté, repense à l'Égypte, au Sphinx.

— J'ai répondu à toutes ces questions dans le livre, monsieur le Président. Je n'y parlais que de votre goût pour l'Histoire. J'y disais que les grands conquérants, avec une avidité plus grande que pour leur butin, dans la beauté du chaos, cherchaient l'Histoire. Ils s'en nourrissent pour la nourrir à leur tour. On peut considérer l'Histoire comme un gisement, celui de la mémoire, une profondeur qui nous fait vivre parce qu'elle nous donne — collectivement — une dimension. On peut la contempler aussi comme on le fait d'un monument, une élévation pour les plus grands : ceux qui restent au-delà du temps. Ou bien encore cela dont parle Shakespeare, qui, raconté par un idiot, plein de bruit et de fureur, ne signifie rien. Je ne veux pas trancher injustement sur ce que vous choisissez — c'était ma conclusion —, mais, à l'acharnement glorieux qui vous entoure, au nombre des thuriféraires aveugles, à la densité de l'encens, je mesure ma crainte.

— Votre crainte, monsieur Léotard ? Parliez-vous vraiment de moi ou de vous ? Peut-être ai-je été entouré de quelques thuriféraires zélés. Quel président de la Ve République ne l'a pas été ? Mais vous le serez à votre tour, quand votre heure viendra. Et elle viendra, je le crois. Si tel n'est pas le cas, ce sera le fait de vos amis, pas de vos ennemis, j'en ai une petite expérience. Vous feriez mieux pour le moment de réserver votre crainte à l'égard de ceux qui vous entourent au gouvernement, qui distillent à profit ce climat artificiel d'insécurité. Rien de tel, vous le pressentez, pour lancer une candidature d'ordre et de reprise en main. De tout temps, la droite a fait cela.

Il y a de la violence dans ces derniers propos. On est loin de Philippe Léotard et des conseils paternels à un frère éploré. Pour la première fois depuis bien longtemps le Président ne l'a pas appelé par son titre mais par un « monsieur Léotard » qui lui rappelle les plus durs moments de la première cohabitation. Et cette façon de parler de son camp avec mépris : « La droite a toujours fait cela. »

François Léotard s'abstient de répondre. Fatigué par ces nuits sans sommeil, il craint d'être insolent. Il n'aime pas cet homme qui alterne dans la même phrase le froid et le chaud. Il y a un quart d'heure, il était prêt à engager cette conversation sur la Mort, qui lui aussi le fascine. L'évocation de son livre l'avait flatté. Tout comme cette allusion à son destin présidentiel, à son « heure » qui viendrait. Ce n'était pas la première. Et il n'était pas le premier ! Il en avait tant vu, des Barre, des Giscard, des Noir, des Séguin, ressortir du palais présidentiel avec la même onction. Son interlocuteur adorait diviser la droite en caressant dans le sens du poil les ambitions de ses chefs. Mais, en de pareilles circonstances, il y avait quelque indécence à essayer de le monter contre une candidature « d'ordre et de reprise en main » en désignant Charles Pasqua avec cette insistance.

Le ministre de la Défense se lève et quitte le Président, soudain redevenu exceptionnellement affable. Dans l'antichambre, le ministre découvre avec surprise son conseiller Renaud Donnedieu de Vabres, qui piaffe en compagnie d'Hubert Védrine, secrétaire général de la Présidence. Avant que François Léotard n'ait eu le temps d'ouvrir la bouche, son collaborateur l'attrape par le bras et l'entraîne.

— Vite, ça y est ! Philippe est retrouvé. En Corse. Et par le 21e Rima, les régiments de Fréjus. Il va bien. Un avion t'attend à Villacoublay. La voiture est en bas pour t'y conduire.

François Léotard s'est figé. Il tremble, serre les lèvres et, soudain, embrasse Renaud Donnedieu de Vabres. Les deux hommes sont pourtant avares d'effusions.

— C'est merveilleux ! merveilleux ! Depuis quand est-il libre ?

— À peine une heure. Ce n'est pas encore officiel. Je n'ai pas voulu te faire prévenir par téléphone car je me suis dit que tu n'aimerais pas apprendre la nouvelle de la bouche du Président.

Le ministre remercie son conseiller d'un sourire. Ils sont assis côte à côte à l'arrière de la Safrane grise.

En découvrant la place Beauvau dans un rétroviseur, François Léotard se prend à penser que le chef de l'État n'a peut-être pas tout à fait tort dans son analyse de la situation. Mais en attendant l'Élysée après-demain, et Matignon demain peut-être, si les vents ne poussent pas trop les voiles du ministre de l'Intérieur, il y a Philippe, quelque part en Corse, sur la terre de leurs aïeux... libre enfin !

Paris, rue de Varenne, 10 heures

Charles Pasqua est furieux. Il n'a appris la libération de Philippe Léotard qu'après le Premier ministre. La nouvelle a d'abord remonté la hiérarchie militaire, parvenant presque simultanément au cabinet du ministre de la Défense et au cabinet militaire du Premier ministre. Le préfet de Corse du Sud, pourtant chargé de la coordination sur le terrain, n'a été informé qu'après les comptes rendus internes des militaires. Il n'a donc joint le ministère de l'Intérieur qu'avec vingt minutes de retard sur Matignon et la Défense. Lorsque Charles Pasqua a tenté de téléphoner à François Léotard, ce fut pour apprendre qu'il venait de quitter l'Élysée pour gagner Villacoublay puis rejoindre la base aérienne de Solenzara. Quant à Édouard Balladur, lorsque le ministre de l'Intérieur lui annonça la nouvelle, il s'entendit posément répondre :

— Je vous remercie, Charles, mais je suis au

courant. Depuis une bonne demi-heure. J'escomptais votre appel, au demeurant. Pourriez-vous passez me voir ? J'aimerais que nous fassions le point. Oui, immédiatement. Si cela vous est possible, bien entendu.

Charles Pasqua déteste ce type de situation, aussi est-il d'une humeur de chien en pénétrant dans le bureau du Premier ministre. L'accueil d'Édouard Balladur est glacial.

— Bonjour, monsieur le ministre d'État. Voulez-vous prendre un siège ?

— 'jour, 'sieu Prem' minis', grommelle Charles Pasqua entre ses dents.

— Je souhaitais vous voir pour parler de tous ces attentats. Si j'ose qualifier ainsi de simples bombinettes. Je ne pense pas qu'il serait sain que cette situation perdure et je ne doute pas que vous disposiez des moyens de la faire cesser.

Le ministre de l'Intérieur ne supporte pas ces propos à double sens. Il soupçonne toujours que des informations lui échappant ont pu parvenir jusqu'au chef du gouvernement. Il n'ignore pas qu'au-delà des Renseignements généraux — qu'il contrôle —, d'autres filières remontent jusqu'à Matignon mais que, leur ossature étant militaire — gendarmerie et DGSE notamment —, il est sans pouvoir sur elles.

— Je m'y efforce, je m'y efforce, monsieur le Premier ministre.

— Et je vous en remercie. Je vous félicite même par avance d'y mettre un terme. Nous allons entrer en campagne présidentielle et je ne veux pas de désordres dans le pays.

Charles Pasqua a bien enregistré l'information. Il hésite un instant puis, d'un air faussement naïf, interroge :

— En campagne ? Déjà ?

— N'est-ce pas conforme au calendrier que j'avais annoncé au pays ? Je ne vois pas ce qui peut vous étonner.

Le ministre de l'Intérieur aimerait bien demander des nouvelles de ses chères « primaires » mais il choisit de s'abstenir. Le Premier ministre lui paraît trop sûr de lui. Il sent qu'il y a anguille sous roche. Et si Édouard Balladur avait décidé de se jeter à l'eau sans attendre ? De profiter de la période des vœux pour répondre négligemment « oui » à la question qu'un journaliste ne manquera pas de lui poser lorsqu'il recevra, comme l'année dernière, les représentants de la presse ? Charles Pasqua va-t-il devoir renoncer à cette fonction de rempart de l'État et de la démocratie dans laquelle il excelle, depuis une semaine, à se camper et qui est si profitable à sa popularité ?

Patelin, le ministre de l'Intérieur se fait allusif :

— Je comprends très bien votre préoccupation, monsieur le Premier ministre. Le désordre est inacceptable. Sa menace en revanche... Souvenez-vous : l'inquiétude rend le citoyen prudent et l'électeur sage. Nous en avons eu mille exemples dans notre histoire électorale.

Édouard Balladur dévisage son ministre. Ce dernier soutient sans ciller le regard du chef du gouvernement. Ni l'un ni l'autre n'en diront plus. En raccompagnant le ministre d'État jusqu'au palier de l'escalier d'honneur, Édouard Balladur précise, comme si son propos était anodin :

— À propos, mon cher Charles, vous savez sans doute que François Léotard est parti chercher son frère en Corse. Leur appareil se posera un peu avant treize heures à Villacoublay. On devrait pouvoir les honorer dans les journaux télévisés de la mi-journée. J'irai accueillir personnellement notre vedette. Sachant que le ministre de la Défense sera, par définition, lui aussi présent, il m'apparaît que le gouvernement sera bien suffisamment représenté. Je l'ai déjà dit à Jacques Toubon et Alain Carignon qui souhaitaient être présents au titre de la Culture et de la Communication. N'est-ce pas votre avis ?

Le ministre de l'Intérieur a compris. Il marmonne un oui qu'Édouard Balladur devine plus qu'il ne l'entend. Déjà, Charles Pasqua réfléchit à la future utilisation médiatique du vaste coup de filet qu'il va lancer dans les cités où ses services ont identifié des islamistes soupçonnés de porter un goût immodéré aux pétards et aux adresses ministérielles. Il sait pouvoir flatter un électorat que le mutisme de Jean-Marie Le Pen, en vacances à Punta del Este ces derniers jours, a rendu encore plus réceptif.

Solenzara, 11 h 17

Philoutard regarde l'appareil du GLAM qui roule sur la piste de la base militaire. Il sait qu'à bord se trouve son frère. Douché et rasé de frais, le comédien est en survêtement. Ses effets sont roulés dans un sac de sport posé à ses pieds. Les militaires lui ont fourni et le bagage et la tenue de rechange. Il a longuement parlé avec Emmanuelle au téléphone. Elle l'attendra à Villacoublay. Toutes les radios et les télévisions seront présentes. Il n'a pas souhaité rencontrer de journalistes dans l'île, éprouvant le besoin de décompresser mais aussi de faire le point, de décider de ce qu'il dira et de ce qu'il taira. Déjà, pressé par les enquêteurs, il a protégé l'identité de Berrétta en affirmant que tous ses geôliers étaient demeurés masqués en permanence. Cette affirmation n'a, semble-t-il, étonné personne et les policiers n'ont pas insisté sur ce point.

Philippe Léotard s'est renseigné auprès de l'émissaire de Charles Pasqua dans l'île, depuis la veille, Jean-Charles Marchiani : François est seul à bord de l'appareil. Ils seront donc en tête à tête pour le vol de retour. Depuis combien de temps cela ne leur est-il pas arrivé ?

François ? Ils ont été élevés par des femmes et tous deux, chacun à sa manière, ils ont cherché leur salut dans la fuite. Ensemble ils ont été marxistes, propalestiniens et soixante-huitards. À l'époque, se souvient Philippe Léotard, l'artiste c'était François. Il venait de créer une section CFDT à l'ENA. « Nous sommes docteur Jekyll et mister Hyde, dit Philoutard à Marchiani. Il est le fou et moi le rêveur. » Il se rappelle leurs empoignades lorsque François venait d'entrer au cabinet de Michel Poniatowski. « J'ai le pouvoir, disait-il, et toi tu en as l'illusion. » Brave petit François, il n'avait rien compris. C'était l'inverse. Philoutard en est tellement persuadé que depuis, à chaque fois qu'il a recroisé la route de son frère, il s'est appliqué à jouer le bouffon. Et Minouchon, le petit dernier, le troisième frère ? Dominique, qui marche sur les traces de François, dîne avec parlementaires et préfets et a brigué la mairie de Calvi. Quelle famille ! Ainsi, une fois de plus, François a pris son aîné en charge. Il a abandonné ses tâches pour venir le chercher comme naguère il s'était préoccupé de le faire soigner en Suisse. Sacré Fouad ! C'était le surnom que Philippe avait donné à François quand ils étaient adolescents. Fouad, un nom fleurant l'Orient, du temps où leurs rêves les emportaient au-delà de la Méditerranée. « Et le prince charmant revient me sauver », murmure Philoutard.

Déjà l'appareil arrive devant Philippe Léotard. La paroi s'ouvre et une échelle de coupée s'abaisse. Le visage épanoui de François lui fait face. D'un bond, Philippe rejoint son frère et aussitôt l'avion se remet en mouvement. Les deux hommes s'étreignent en silence. La voix du pilote retentit :

— Pourriez-vous vous asseoir, monsieur le Ministre, nous n'allons pas tarder à redécoller.

Les deux Léotard s'installent face à face dans les fauteuils de cuir. Le cadet boucle sa ceinture, pas l'aîné. François le regarde, attendri. Il le trouve beau, apaisé, plaisante sur sa diète imposée, lui parle d'Emmanuelle, de Faustine, de leur mère corse qui fut la première à traverser la Méditerranée en hydravion. Précisément, voici la mer à leurs pieds. La vraie conversation peut s'engager, lente, chaotique, ponctuée de longs silences, comme si les mots trop longtemps retenus avaient du mal à sortir. Qu'il est difficile de dire je t'aime à un frère.

Le double aveu enfin livré, l'atmosphère est plus enjouée. Les deux frères se racontent leur semaine. Philippe est intarissable. C'est ensuite François qui résume les événements politiques. Dans la foulée, il lui parle de son entretien avec le président de la République. Philippe écoute, ravi.

— Il te voit Président, si je comprends bien ? Moi aussi, j'aimerais bien. Je serais ton troubadour...

— Ce n'est qu'un mot. Dans sa bouche, rien n'est gratuit. Il me mettait surtout en garde. Ou plutôt il tentait de diviser.

— Pense-t-il encore à régner ?

— Tout homme ne va-t-il pas toujours au bout de son pouvoir ?

— Demande à Balladur.

— Je pense qu'il ne devrait plus tarder à se déclarer. Ce serait son intérêt.

— Et pourquoi pas toi ?

— Je suis trop jeune. Ce sera pour le coup d'après. Et puis, j'ai l'impression que Balladur m'aime vraiment bien. Il ne sera pas ingrat.

Philippe regarde son cadet, mesure sa froide détermination. À l'évidence, il a choisi son camp.

— Et si Chirac ne se laisse pas faire ?

— Il apparaîtrait alors comme le diviseur.

Philoutard reste muet un bref instant puis, fidèle à son goût des citations, demande :

— Tu connais le mot de Victor Hugo : « Tous deux sont morts. Seigneur, votre droite est terrible. » Il pourrait redevenir d'actualité.

François sourit.

— Ce n'est pas le crépuscule, Philippe, c'est l'aurore qui chante.

Paris, place Beauvau, 13 h 20

Charles Pasqua a regardé sur son téléviseur l'accueil réservé aux frères Léotard. Sur la Deux, on ne voyait qu'Édouard Balladur... Le ministre de l'Intérieur est sombre. Il se sent marginalisé au moment où, pressent-il, les cartes décisives vont s'abattre. Et le téléphone qui recommence à sonner !

Le ministre d'État a accepté la communication. Il aime bien bavarder avec le directeur des études politiques de la Sofres. Si Jérôme Jaffré appelle, c'est sans doute qu'il vient de dépouiller un nouveau train de sondages.

Charles Pasqua ne s'est pas trompé. Jérôme Jaffré tenait à faire part au ministre des résultats du prochain baromètre Sofres-*Figaro-Magazine* qui sortent à l'instant de l'ordinateur. Charles Pasqua a gagné neuf points. Un résultat qui ne va pas passer inaperçu. Un large sourire éclaire le visage du ministre. Cette journée n'est pas aussi mauvaise qu'il l'avait cru.

— C'est très intéressant en effet. Et combien fait Balladur ?

— Il gagne trois points.

— Pas mal, commente Charles Pasqua.

— Il demeure le meilleur présidentiable à droite, ajoute Jérôme Jaffré, mais Chirac n'est pas si loin.

— Je m'en doute, répond, rêveur, le ministre de l'Intérieur en remerciant encore son interlocuteur.

À peine en a-t-il terminé avec le responsable de la Sofres que Charles Pasqua appelle Jacques Chirac. Sa ligne personnelle à l'Hôtel de Ville ne répond pas. Agacé, le ministre de l'Intérieur charge le standard de lui retrouver son correspondant. Il lui faudra attendre trente-cinq minutes avant que l'ancien Premier ministre ne soit localisé en Corrèze et qu'un contact téléphonique soit établi. Charles Pasqua, dès qu'il a son interlocuteur en ligne, lui explique l'évolution de la situation.

— La persistance des sondages pro-Édouard Balladur alors que la campagne électorale menace de s'ouvrir d'un jour à l'autre n'est-elle pas préoccupante pour l'avenir du RPR, d'autant que l'UDF semble vouloir faire bloc autour du Premier ministre ? interroge le ministre de l'Intérieur.

Chirac opine.

— Pour l'UDF, n'oublie jamais Giscard. Ce type-là a des ressorts. Mais il va falloir remobiliser les nôtres, Charles. En effet. Je compte sur toi.

— À en croire la Sofres, je suis le mieux placé pour les rassembler. Cela ne mériterait-il pas que nous y réfléchissions ?

Le maire de Paris en reste sans voix. Quoi, Charles ? Lui aussi ? Le RPR ne peut quand même pas servir de plate-forme de lancement pour trois candidats ! Le ministre de l'Intérieur insiste :

— Il faudrait que nous nous voyions vite pour étudier les chiffres en détail. Les décisions sont urgentes.

— Si tu veux Charles, si tu veux. Nos secrétariats vont s'en occuper.

Ussel, 14 h 10

Jacques Chirac repose le combiné et quitte le bureau mis à sa disposition pour rejoindre le banquet de compagnons où l'appel du ministre de l'Intérieur l'a déniché. Soudain, il s'arrête, hésite, fait demi-tour. Le maire de Paris revient sur ses pas et saisit le téléphone. Il compose le numéro personnel de Maurice Ulrich. Le sénateur de Paris répond. Jacques Chirac le prévient qu'un rendez-vous va être demandé par Charles Pasqua et ajoute : « Je n'ai pas un moment disponible avant le 4 janvier. Quelle que soit son insistance. C'est bien compris ? » Un sourire flotte sur les lèvres de l'ancien Premier ministre lorsqu'il raccroche. Il murmure pour lui seul : « Alors, de toute manière, les jeux seront faits. » De retour dans la salle du banquet, le patron du RPR est en pleine forme. Pendant trois quarts d'heure, il raconte à des Corréziens ébahis l'histoire des Indiens Taïnos.

Paris, rue du Faubourg-Saint-Honoré, 18 heures

Jusqu'au bout, François Mitterrand aura entretenu le suspense. Les circonstances l'y conduisaient involontairement. Sur le point d'enregistrer son allocution, il y renonce afin d'apprécier les premiers échos de la libération de Philippe Léotard qu'il a suivie à la télévision. Le pays s'est passionné pour cet enlèvement. Il veut être tout à fait certain de l'impact de son issue heureuse et aurait bien aimé en savoir davantage sur la véritable nature de ce rapt et des attentats qui l'accompagnèrent.

Pour tromper le temps, et calmer l'impatience des techniciens de la SFP soucieux de leur pause-repas, il fait venir son chauffeur et lui demande de le conduire chez lui. Ce dernier n'a pas l'habitude de voir son patron déjeuner rue de Bièvre. Aussi n'est-il pas surpris de l'entendre, au cours du trajet, lui demander de le déposer boulevard Saint-Germain devant le Café de Flore. Sans doute une nouvelle escapade au Divan, pense le chauffeur qui alerte les discrets gardes du corps de la voiture suiveuse.

Pas du tout. Le chef de l'État ignore la librairie cotée de Saint-Germain-des-Prés et descend le trottoir de droite de la rue Saint-Benoît. Il s'arrête sous un porche, compose un code et s'en va déjeuner chez Marguerite Duras. Peut-être racontera-t-elle un jour dans *J'ai aimé Morland* ce qu'ils se sont dit ce jour-là.

À son retour à l'Élysée, rassuré sur l'état de santé de Philippe Léotard, le Président ne peut pourtant se résoudre à enregistrer rapidement son allocution de fin d'année. Il lui faut auparavant retrouver une citation de Jules Romain dans le livre d'entretiens qu'il avait accordés il y a quinze ans au journaliste Guy Claisse, *Ici et maintenant.* C'était avant son arrivée à la présidence de la République. À l'époque déjà, on le titillait sur son âge. Il avait répondu avec orgueil : « Flatter la jeunesse est un rite ou une facilité qui ne me convient pas. On ne sait ce que vaut un homme qu'à la fin... À trente ans, j'étais le plus jeune ministre que la République eût connu depuis le premier Empire — et je le suis resté. Suis-je coupable d'être entré plus jeune que d'autres en politique ? D'avoir gardé en dépit du temps et des épreuves la confiance de mes électeurs ? Je prie ceux que cela gêne de bien vouloir m'en excuser. Je fais partie du paysage de la France. »

Deux septennats plus tard, il n'y a pas un mot à ôter.

Le Président relit ensuite quelques-uns de ses rituels discours de fin d'année. Il s'attendrit à l'évocation du souvenir personnel qu'il s'était autorisé il y a tout juste dix ans : « Grands-parents, parents, huit frères et sœurs, cousins, nous n'étions jamais moins de quinze à vingt à la maison dans notre petite ville de Charente. Quand nous fêtions le nouvel an, il n'y avait pas de discours. Mais j'entends encore un mot qui revenait constamment dans la bouche de mon père : “ Soyez tolérants entre vous ”, disait-il à notre petite troupe turbulente. »

Il fait revenir sa secrétaire pour lui demander de biffer deux phrases sur le téléprompteur, d'y ajouter un paragraphe sur la tolérance et son allusion à Jules Romains.

Les techniciens de la télévision sont une nouvelle fois convoqués. Il était temps. Le réalisateur Alexandre Tarta égrène le décompte : « 5 – 4 – 3 – 2 – 1. Top ! »

Sur les écrans de télévision, 20 heures

« Françaises, Français de métropole et d'outre-mer,

« Je vous souhaite une bonne année et je souhaite, en votre nom, bonne année à la France !

« Seule l'Histoire pourra dire, avec le recul du temps, la trace laissée par l'année qui s'achève ; mais chacun sait qu'elle aura été rude pour tous. Ma pensée va vers ceux qui ont perdu un être cher, vers ceux qui souffrent d'une séparation, vers ceux qui connaissent le drame du chômage, ceux qui n'ont pas de logis. À tous, je souhaite que l'an nouveau donne des raisons d'espérer.

« Les vœux que je forme pour vous ne varient pas avec le temps. Je souhaite que la France sache s'unir quand il le faut. Je souhaite qu'elle gagne les enjeux que lui propose le monde moderne.

« Qu'elle sache s'unir quand il le faut. Les événements de 1994 ont montré que la nécessité de faire front, sans hésiter, contre le terrorisme, s'imposait. Ils ont montré que nous devions plus que jamais nous mobiliser contre le chômage, ils ont montré que nous devions répondre aux aspirations des jeunes et leur donner plus largement les moyens d'ouvrir les portes du savoir et la responsabilité d'un métier, ils ont montré que nous devions persévérer dans notre effort pour que recule la vie chère, ou, si vous le voulez, l'inflation. Voilà de grandes causes nationales autour desquelles se rassembler.

« Mais il en est d'autres. Notre politique extérieure

et notre politique de défense obtiennent dans l'opinion un vaste consentement, qu'il s'agisse de la défense de la paix, de la construction de l'Europe, du développement du tiers monde et de la lutte contre la faim, de la défense des droits de l'homme ou des conditions de notre indépendance.

« Je n'insisterai ce soir que sur un point.

« Dans quatre heures, l'Europe des Douze deviendra l'Europe des Seize. Je me réjouis d'accueillir en votre nom nos amis autrichiens, finlandais, norvégiens et suédois au sein de la Communauté européenne dont l'exécutif fut dirigé avec opiniâtreté par Jacques Delors pendant dix ans, jusqu'à ce soir. Mais l'Europe ne se fera pas toute seule. Elle subira, dans les mois qui viennent, de rudes assauts. Elle a besoin qu'on l'aide et que l'on y croie, elle a besoin que les peuples s'en mêlent. La France est notre patrie et l'Europe notre avenir. C'est une Europe forte qui aidera à la consolidation de la paix en Bosnie. Comme l'année dernière, 1994 nous laissera des images de sang et de mort mais aussi d'espoir, avec Sarajevo et Gorazde comme symboles des peuples martyrisés. La question posée aux Nations unies, dont c'est le rôle, est celle-ci : comment empêcher le retour de la barbarie ? Arbitrage, conciliation, dialogue, tout a été essayé. La France est à l'origine de la plupart des propositions en ce sens. Plus de cinq mille de nos soldats se sont interposés entre les combattants, ont aidé, ont sauvé des vies. Vingt des nôtres ont péri en accomplissant cette mission. Aucun autre pays n'a fourni un effort semblable. En cette fin d'année, avec le retour annoncé de la paix, je puis dire au nom de tous que nous en sommes fiers.

« Ce que nous avons réussi hors de nos frontières, il faut maintenant que nous le réussissions à l'intérieur. Obtenir la paix sociale est une tout aussi noble tâche. Elle aura été durement éprouvée cette année et il convient de recoudre ce tissu si souvent et si inutilement déchiré. C'est au gouvernement de s'y employer, en n'oubliant jamais la force des acquis. Il ne peut y avoir deux France, celle qui souffre et celle qui exploite. Elle est une et indivisible, tout entière centrée sur les vertus de tolérance qui, si souvent, lui ont manqué.

« Cette France, pendant plus de treize ans, vous m'en avez confié la responsabilité. J'ai été aidé dans cette tâche par des hommes et des femmes qui ne partageaient pas tous mes opinions mais que Jules Romains aurait pu appeler des hommes de grande volonté. Je me souviens ce soir que ce grand auteur écrivit un jour : " La jeunesse, c'est le temps que l'on a devant soi. "

« Mes chers compatriotes, ce temps aujourd'hui m'est compté. Il m'appartiendra d'en tirer la conclusion au printemps prochain. Nous aurons l'occasion d'en reparler. Mais sachez d'ores et déjà que j'aurai été fier d'avoir été, un temps, le berger de notre peuple.

« Ce soir, mes vœux tiendront en quelques mots très simples, ceux que vous emploierez vous-mêmes quand vous vous direz : " Bonne année ! " Que 1995 vous soit aussi heureuse que la vie le permet, que vous soient épargnées les grandes peines, la souffrance et la solitude, que vous vous sentiez solidaires, là où vous êtes, de ceux qui vous entourent et, d'une façon plus large, que vous ayez l'envie, l'ambition de contribuer au succès de la France, qui reste grâce à vous l'un des premiers pays du monde.

« Vive la République !

« Vive la France ! »

Épilogue

Vendredi 14 juillet 1995

Il y a foule à l'Élysée. On rajoute des buffets. Le nombre des traiteurs a été multiplié par deux. Chaque région, chaque département et territoire d'outre-mer est représenté. Le stand corse est pris d'assaut. L'île en a l'habitude. Pour une fois, les gendarmes mobiles font mentir leur qualité et restent cois. Ils s'empiffrent de coppa et de fromage de brebis.

À l'extérieur du palais, les gardes républicains sont débordés. Porte Gabriel, certains invités se targuent d'une qualité douteuse pour justifier une absence de carton-sésame. C'est à qui vient de recevoir un coup de téléphone du nouveau secrétaire général de la Présidence l'invitant dans l'heure, ou se défausse sur un service du courrier désorganisé par le dernier accès de fièvre de Force Ouvrière. D'autres jurent leur fidélité au nouveau Prince. Quelques-uns, enfin, toute honte bue, se vantent de quatorze années d'invitations ininterrompues et s'étonnent d'un silence postal politiquement lourd de sens.

Le nouveau Président a décidé, dans un accès soudain de simplicité, de bannir l'usage des porteurs de messages ; les motards traditionnels ont été affectés à la surveillance des banlieues difficiles afin que les Français sachent bien qu'on s'occupe de leur sécurité et qu'il n'y a pas de petites économies. Les coursiers font grise mine et la délivrance des plis urgents en souffre singulièrement. Par faveur spéciale, l'Élysée a remplacé les chevaliers du bitume parisien, harnachés de cuir sur leur BMW, par des cyclistes recrutés parmi les RMistes. On leur a offert un K-Way aux couleurs de la République et un vélo Manufrance, pour tenter une dernière fois de donner vie à la vieille dame de Saint-Étienne.

Depuis François de Combret, secrétaire général adjoint de la Présidence sous Valéry Giscard d'Estaing qui arrivait à l'Élysée droit comme un i dans son costume anthracite cerclé de pinces à vélo sur sa monture anglo-saxonne, jamais la cour d'honneur n'avait assisté à pareil ballet cycliste. Les moins experts ratent invariablement le virage vers l'aile droite, celle des chauffeurs et des fournisseurs, et s'affalent en glissant sur les gravillons officiels. Lors des visites de chefs d'État — avec un protocole réduit à l'extrême, un garde républicain toutes les deux marches, ce qui limite le personnel chamarré à huit heureux élus et à quatre lorsqu'on décide de ne garder qu'un seul rang pour les visiteurs de moindre importance... —, ces dérapages incontrôlés ne produisent pas toujours le meilleur effet mais le Président, qui pouffe parfois en observant la scène derrière les lourdes tentures du vestibule au premier étage, ne déteste pas montrer au monde que la France sait donner l'exemple de l'économie. « Il en va peut-être de notre prestige, aime-t-il à dire en parlant de ses hôtes étrangers, mais ces gens-là deviennent ensuite moins gourmands quand il s'agit de mendier des subsides. »

On l'aura compris, la noria des cyclistes n'a pas l'efficacité des vieux motards de la République qui pénétraient dans les bureaux des secrétaires affolées en claquant des talons... Ces flottements permettent aux invités frustrés de la loge Gabriel d'arguer de cette relative désorganisation pour expliquer l'absence de trace d'invitation.

Peu à peu toutefois, le flot s'écoule. La République est bonne fille. On ne va pas chercher noise aux invités, imaginaires ou pas, de ce nouveau Président tout-puissant. Après tout, le précédent a tenu près de quinze ans. Celui-là pourrait bien s'accrocher jusqu'en 2009.

À cette idée, les courtisans salivent. Les vrais fidèles du nouveau chef de l'État doivent se compter sur les doigts de dix mains. Même en leur agrégeant quelques cousinages plus lointains, on arrive au mieux à un petit millier d'élus. Or, depuis Louis XIV, une cour fonctionne à l'unité supérieure : dix mille petits marquis pour lustrer les chausses du souverain, voilà qui vous compose un équipage. Il y a encore des places à prendre. Et c'est pourquoi, en ce 14 Juillet, tant d'espoirs paraissent permis à ceux qui espèrent se frotter au premier cercle des intimes du nouveau Président.

L'orgie est monstrueuse. Orgie de mots, de flatteries, de louanges distribuées ou autodécernées. Ivresse de femmes du monde, du demi-monde ou du tiers, qui reniflent à pleins naseaux le musc si particulier du pouvoir en devenir, le meilleur, celui qui n'est pas encore trop fait, comme le fromage. Le pouvoir maîtrisé n'est pas, de loin, le plus attractif pour un courtisan. Il autorise des distances, un recul qu'on n'a pas encore quand on vient tout juste de se voir remettre le sceptre de sa puissance. C'est bien pour cela qu'en 1981 tant d'âmes probes et candides se laissèrent prendre au piège d'authentiques filous qui avaient humé, sur cette même pelouse, les senteurs du pouvoir absolu...

Bien des gorges pigeonnent. Volages et effrénés dans leur quête des conseillers influents, les maris papillonnent et laissent en plan leurs compagnes. Quelques vieux chats repèrent le manège et savent faire mouche auprès des esseulées. Le plus rusé des matous s'appelle Éric Arnoult. Il n'a pas attendu les septennats précédents pour se faire un nom en littérature et a écrit de sa patte de velours, toutes griffes rentrées, quelques jolis livres qu'il a signés du pseudonyme d'Orsenna, en hommage à Julien Gracq et à son *Rivage des Syrtes.* La consécration vint avec le Goncourt, puis quelques années plus tard avec *Grand Amour,* qu'il écrivit en forme de fable — personne ne crut à la fable — pour raconter son séjour à l'Élysée comme nègre attitré du président Mitterrand. Lequel, évidemment, n'apprécia pas du tout.

Bon connaisseur des lieux, l'écrivain aux moustaches blondes et aux fines lunettes rondes sait qu'il y a là quelques oiselles à impressionner. Sans forcer sa jovialité naturelle, il se présente à elles comme conseiller du nouveau Prince. Il se propose de leur faire visiter ses appartements. Émoustillées, deux d'entre elles acceptent derechef. Il aurait préféré que l'une des deux déclare forfait, ou qu'un mari décide d'un opportun retour, mais c'est ainsi. Va donc pour cette chasse giboyeuse.

Parvenu sans encombre à son ancien bureau désert — le nouveau nègre parade sur la pelouse —, il décide, devant l'extrême excitation des deux jeunes femmes, de poursuivre plus avant sa quête d'émotions. « Voulez-vous voir le bureau du Président ? — Oh oui ! »

Vu l'heure — deux heures moins vingt —, le chef de l'État doit encore, face aux journalistes, se dépêtrer de questions cent fois remâchées. L'un d'entre eux, fidèle à ses habitudes, n'a pu s'empêcher de jouer les rapporteurs et de tout dire à l'avance au bras droit du Président...

Erik Orsenna s'approche donc sans trop de prudence et entrebâille la porte du bureau du chef de l'État. Malheur, on y parle. Est-ce déjà le Président ? Dans le doute l'écrivain et ses deux parfumées opèrent un repli tactique vers le bureau contigu, celui du tout nouveau secrétaire général de la présidence de la République. Jouant de malchance, le trio se trouve piégé car, là aussi, on entre...

Ne reste plus que la solution de l'entre-deux-portes. Il y a là deux petits mètres carrés, hauts de plafond, et, passé la première appréhension, le bonheur inouï d'être collé à deux dames dont le cœur bat fort, et dont les exhalaisons enivrent notre auteur.

De l'autre côté de la double porte, un autre petit

groupe s'était rapproché, puis écarté en entendant du bruit dans le bureau présidentiel. Tendant l'oreille, Erik Orsenna reconnut la voix chuchotante de son vieux camarade Jacques Attali, dont il avait pris la défense dans *Le Monde,* quand il fut contraint, sous le poids du marbre et de la morgue britannique, de quitter la présidence de la BERD. Que faisait donc là l'ancien gardien du Temple mitterrandien, qui adorait filtrer du regard les visiteurs du chef de l'État, contraints de passer par ce sas obligé du pouvoir ?

Lui aussi faisait visiter. Sa petite famille avait grandi. Il souhaitait peut-être lui faire humer les vestiges d'un pouvoir enfui. Depuis la sortie de *Verbatim,* Jacques Attali n'était pas revenu dans ces lieux naguère magiques. Ses successeurs n'avaient-ils pas trop lavé la trace de son passage ? Le bureau florentin du Sphinx n'avait-il pas reçu l'outrage des nouveaux barbares ? Il ne le sut jamais, restant en arrêt devant le sanctuaire désormais interdit. À voix basse, il parlait à ses enfants.

De l'autre côté du romancier et de ses belles d'un jour, le Président écoutait, s'amusant du quiproquo. Il avait reconnu la voix de Jacques Attali et ne pouvait s'empêcher de l'associer à la nuée de flatteurs qui venait de l'entourer sitôt l'interview terminée. Traditionnellement le rite attire plus d'insectes qu'un verre de vinaigre. C'est à qui décoche son compliment le plus choisi, généralement pour fustiger les journalistes : « Vous les avez bien mouchés ! » Et Dieu sait si aujourd'hui les interviewers avaient été tendres. Rendus amènes par le petit nuage rose sur lequel le Président flottait, comme tout chef d'État en début de septennat, ils avaient tout juste chatouillé le nouvel occupant de l'Élysée sur des sondages qui ne pourraient rester à ce niveau, l'avaient titillé sur des affaires de seconde importance et lui avaient sportivement souhaité bonne chance en fin d'entretien, tout en pensant confusément le contraire en leur for intérieur, car une bonne fortune présidentielle n'a jamais fait les choux gras du journalisme politique.

Dès que l'antenne fut rendue à la régie finale par le réalisateur Jean-Luc Leridon, les éclairagistes eurent les plus grandes peines du monde à enrouler leurs câbles et à éteindre les projecteurs. Le petit salon-bibliothèque fut envahi par les courtisans qui se cognèrent les uns aux autres dans leur pathétique recherche de l'auguste visage qui avait disparu dans la petite pièce attenante où, depuis 1974, le Président se faisait maquiller et démaquiller. Jusqu'alors, chacun avait sa retoucheuse attitrée ; le petit nouveau n'avait pas encore pris ses habitudes là et c'est ainsi que Françoise, chef maquilleuse de TF 1, dont le petit nez pointu et les yeux rieurs lui donnaient de faux airs de Michèle Cotta, se trouva dépositaire de la première question présidentielle : « Comment m'avez-vous trouvé ? » Un moment décontenancée, elle avança la seule réponse qui s'imposait : « Bon. — Ah bon ? » fit son interlocuteur, qui feignait la surprise. « Oui, monsieur le Président, très à l'aise », ajouta Françoise dont la mine enjouée était un gage de sincérité et pouvait vous mettre en joie pour toute la journée.

Rassuré, le président de la République ôta sa collerette de Kleenex qui, sur les photos, ridiculise tant les hommes politiques et offrit son profil au photographe de *Paris-Match* qui avait reçu l'autorisation d'enquêter sur les coulisses de l'événement. Traditionnellement, les grands de ce monde aiment ouvrir leurs « albums de famille » à ce type de magazines qui ne les ennuient jamais politiquement, leur permettent d'avoir un droit de regard sur les photos choisies et leur offrent sur un plateau une image de bon époux, bon père, bon grand-père et *tutti quanti*.

Restait à affronter l'épreuve des flatteurs de profession. Par chance, il croisa d'abord son épouse dans l'étroit couloir qui le menait à la bibliothèque. « Je vous ai trouvé un peu mou dans vos premières réponses. — Ah bon ? » répéta le Président, cette fois-ci franchement agacé. À tout prendre, les flatteurs avaient leur intérêt... Déjà, sous l'ancien régime, seule Danièle Mitterrand avait le monopole des reparties acerbes. « Vous n'avez pas été jusqu'au bout de vos convictions », avait-elle dit à son mari lors de l'interview de l'entre-deux-tours en 1988. Nous étions au surlendemain du drame d'Ouvéa et elle trouvait que son époux n'avait pas assez fustigé les méthodes de MM. Pons et Pasqua.

Le Président ne s'attarda pas en la compagnie de celle qui ne le jugeait qu'avec réserve et fut accueilli dans le salon-bibliothèque par un tohu-bohu qui s'apaisa doucement à son arrivée. Il se dirigea vers les présidents de chaînes de télévision et les salua avec affabilité. Il aimait à voir réunis dans la même position respectueuse des hommes qui ne se faisaient pas de cadeaux par voie de presse et qui recommenceraient à se chamailler dès l'après-midi, concurrence oblige. Patrick Le Lay fut franc et carré, Xavier Gouyou-Beauchamps souriant et ironique, Raphaël Hadas-Lebel infiniment aimable. Jean-Pierre Elkabbach et Étienne Mougeotte essayèrent d'aborder le fond de l'interview, en vieux professionnels habitués de l'exercice mais le Président se cantonna dans ces fausses interrogations qui faisaient tout son charme et lui permettaient surtout de couper court à de nouvelles questions embarrassantes. C'est habituellement à l'occasion de pareilles circonstances, mi-mondaines, mi-politiques, que les responsables se laissent aller à des confidences qui atterrissent vite dans les grandes oreilles du *Canard enchaîné* ou les rubriques spécialisées des hebdomadaires.

Le chef de l'État observa avec amusement Mougeotte et Elkabbach qui poursuivaient pour eux seuls leurs échanges et analyses. Il se souvint du 10 mai 1981. Déjà, les deux mêmes étaient réunis sur le plateau d'Antenne 2 pour annoncer aux populations le nom du successeur de Valéry Giscard d'Estaing...

Plus à l'écart, Martin Bouygues vantait les qualités du journaliste qui avait bien défendu les couleurs de la Une en se montrant plus pugnace que ses petits camarades. On était quand même loin, lui rappela son interlocuteur, des atmosphères chargées d'électricité des derniers 14 Juillet... Le président de la République vint à eux et dit au propriétaire de TF 1 des mots qui le firent rougir et que personne n'entendit. Jean-Pierre Elkabbach se rapprocha, à tout hasard.

L'heure des maîtres de la télévision était passée. La marée des conseillers, chargés de mission, chefs et directeurs de cabinet submergeait déjà le nouvel élu.

Miel divin, si doux à déguster. Le Premier ministre se dirigea vers le petit groupe et conversa en aparté avec le chef de l'État. Autour d'eux, chacun cessa son murmure.

Dans la salle de maquillage, les trois interviewers réglaient leurs querelles à fleurets mouchetés. L'un d'entre eux avait un peu trop tiré la couverture à lui et n'avait pas respecté l'ordre qu'ils s'étaient imposé pour les questions lors d'une réunion de préparation. « Mais c'est parce qu'il avait lui-même inversé les têtes de chapitre, leur rétorqua le fautif. Et puis, il faut savoir s'adapter, on n'est pas dans un carcan. » Les deux autres savaient. Ils savaient surtout qu'avec ce confrère-là, il était difficile d'en placer une...

Le Président était déjà loin. Un discret cordon de gardes républicains commençait à l'isoler de ses courtisans. Le monarque quittait ses appartements et pénétrait sur le perron, face à la pelouse constellée de mouches bourdonnantes. À son apparition, la rumeur baissa d'un ton et la foule s'ordonna pour se regrouper dans l'espoir d'être fendue par le Saint Passage.

Le chef de l'État ne la regardait pas. L'œil fixé sur la grille du Coq, tout au fond du jardin, il repensait à cette fin décembre où tout avait basculé. Il lui avait suffi, cette semaine-là, de vouloir très fort devenir Président.

DU MÊME AUTEUR

Mai 68, Mai 78
Seghers, 1978

Les Enfants de l'aube
Lattès, 1982

Deux amants
Lattès, 1984

Le Roman de Virginie
avec Olivier Poivre d'Arvor
Balland, 1985

La Traversée du miroir
Balland, 1986

Les Derniers Trains de rêve
Le Chêne, 1986

Rencontres
Lattès, 1987

Les Femmes de ma vie
Grasset, 1988

L'Homme d'image
Flammarion, 1992

Lettres à l'absente
Albin Michel, 1993

La composition de cet ouvrage
a été réalisée par l'Imprimerie BUSSIÈRE,
l'impression et le brochage ont été effectués
sur presse CAMERON *dans les ateliers de B.C.A.,*
à Saint-Amand-Montrond (Cher)
pour le compte des Éditions Albin Michel

Achevé d'imprimer en avril 1994
N° d'édition : 13740. N° d'impression : 1139-94/277.
Dépôt légal : avril 1994